陳長慶 著

不向文壇交白卷

《金門文藝》的前世今生及其他

在生命中的黃昏暮色裡

——寫在《不向文壇交白卷》出版之前

《不向文壇交白卷——《金門文藝》的前世今生及其他》是我繼《攀越文學的另一座高峰》後、又一本偏向於論述性的著作。收錄於書中的十篇作品，其中九篇係為兩岸八位作家的九本著作所寫的評介；另一篇則是回顧三十餘年前創辦《金門文藝》的心路歷程。前者可謂向諸友致敬，後者則是敘述創辦《金門文藝》的甘苦談。儘管是兩種截然不同的文本，但均與文學息息相關，此時把它們集聚在一起，似乎並無悖謬之處。即便它們只是我小說創作之餘的副產品，然而，書中的每一個字句，卻都是我腦汁和血汗的凝聚，我沒有割捨它們的理由。

本書評介的九本著作，無論是文學或文史，幾乎都與這塊土地密不可分。八位作者中，地域橫跨兩岸，可說老中青三代都有。他們在各自的領域不僅有非凡的成就，甚至大部分都是著作等身的作家或文史工作者。只要讀者們深入他們作品的意境裡，必可從其中領略到他們欲表達的意象是什麼。除去〈對歲月的緬懷對故土的敬重——試讀李錫隆《新聞編採歲月》〉與〈大時代兒女的悲歌——試論康玉德《霧罩金門》〉等兩篇，係作者出書後再予以評介外，其餘七篇蒙受諸家的抬舉，均被用來當序文，的確與有榮焉。即使老朽不學無術，未能深入探討或作更完美的詮釋，但若以另一個層面而言，倘或把它當成導讀亦無不可，如此必可加深讀者們對該書的印象，引導他們進入每一個篇章的意境，繼而汲取書中的精粹，以致達到閱讀的效果、增添閱讀的樂趣。

回顧一九七三年，當這塊土地還是反攻大陸最前哨，當這座島嶼還處在戒嚴軍管時期，當我還是一個懵懵懂懂的文藝青年時，竟憑著一股不向威權低頭的意志，克服萬難，和友人共同創辦《金門文藝》雜誌，並自不量力地擔任發行人兼社長。即便我透過各種關係和管道，花費不少心血和精神，始取得新聞局核發的出版事業登記證，讓這本雜誌能在戒嚴軍管、戰地政務體制下的金門合法地發行。可是當它連續幾期呈現在讀者面前時，非僅得不到鼓勵，反而被某些旅台大專青年批評得體無完膚。於是我不僅要擔負大部分的印刷費用，更要背負《金門文藝》負面的歷史罪名。因此在出版六期後，經過反覆思考，決定暫時停刊，但惟恐得來不易的登記證遭到註銷，又出版了兩期報紙型雜誌來應付。之後始由旅台青年作家黃克全與顏國民兩位先生相繼接辦，雖然他們對這份刊物充滿著無比的信心，可是在現實環境的使然下，在同嚐辨雜誌的酸甜苦辣後，僅只革新了三期便宣告結束，於是《金門文藝》再次遭受停刊的命運。唯一留下的，或許是戒嚴軍管時期，金門地區民間第一張由行政院新聞局核發的——局版台誌字第〇〇四九號出版事業登記證，時新聞局長為錢復先生。

想不到時隔三十餘年後的二〇〇四年，《金門文藝》這塊即將銹蝕的招牌，竟被金門縣文化中心重新擦亮，並於同年七月，隨著文化中心揭牌改制為文化局而復刊。復刊後的《金門文藝》，由當年的季刊改為雙月刊，在發行人李錫隆局長的指導下，以及陳延宗總編輯用心的規劃與邀稿，無論其水準、編排或印刷，均不遜於國內其他文學刊物。其內容除了詩、散文、小說和評論外，每期並以彩色編幅介紹旅居各地的縣籍藝術家，以及刊載浯島文學獎得獎作品，報導金門藝文界相關信息……等等，可說麻雀雖小五臟俱全。而更重要的任務是，鼓勵青年學子加入寫作的行列，擔負著薪火相傳的使命。故此，不論是之前在金門服務過的文壇前輩，或是旅居海內外的詩人、作家和藝術家，以及長年居住在這座島嶼的藝文界朋友，他們無不以一顆誠摯之心，用汗水和淚水同來灌溉這棵歷經風霜的老樹，冀望它枯萎後再度萌芽時，能快快地成長茁壯，能禁得起風吹雨打太陽曬。果真如此，假以時日必能綻放出燦爛的花朵，結下甜蜜的果實，好與鄉親父老及讀者們共同分享。

可是不幸，在復刊出版四十五期、即將邁入新年度時，文化局編列《金門文藝》（六期）一百萬元印刷經費預算，卻遭金門縣議會全數刪除，並已三讀通過。當我從媒體上得知這個消息時，除了深感訝異，更是難以置信。令人費解的是，區區一百萬元印刷經費，若與每年動輒數億元的縣政預算相比，簡直就猶如九牛一毛。但不知所為何來，一本不涉及政治的純文學雜誌，一本具有指標意義的純文藝刊物，竟時運不濟，命途多舛，無端地遭受如此的命運。忝為《金門文藝》創辦人，與這份刊物早已衍生出難以割捨的深厚情感，倘或不感到遺憾、惋惜和痛心，非僅麻木不仁，亦未免過於虛假。儘管它只是一本不足輕重的文學雜誌，但對於夙有海濱鄒魯之稱、以及標榜文化立縣的金門而言，豈可輕忽這本刊物的存在。它可說與《金門季刊》相輔相成、相得益彰，同為金門的文化資產，同是金門文壇的驕傲，更是台灣各縣市所望塵莫及的！

老朽世居這座固若金湯、雄鎮海門，人文薈萃、英賢輩出的島嶼，歷經九三砲戰與八二三、六一七兩次戰役的洗禮，除了是國父孫中山先生最忠實的信徒，年輕時亦曾高呼過蔣總統萬歲，中年時是經國先生百萬個民間友人之一，年老時更是當今馬英九總統和李沃士縣長的頭家，光憑這些顯赫的經歷，足可讓後生晚輩驚歎不已。可是議會則是金門最高民意殿堂，議員的權力豈可低估，一旦法案三讀通過，除了尊重外，又有什麼方法能讓它起死回生呢？任憑老朽到兩蔣的陵園，請出他們父子的神主牌也無濟於事。或許，只有國父孫中山先生始能駕馭他們，因為三民主義是他寫的，選賢與能是他說的。雖然眼睜睜地目睹《金門文藝》第三次停刊，卻也讓我這個即將回歸塵土的老年人大開眼界，真正領教到民意代表至高無上的權力。難怪每逢選舉，候選人幾乎擠破頭，人人都想為民服務，個個都想為民喉舌；監督政府施政，看緊人民荷包，為鄉親爭取福利，是他們共同的政見；不為自己營私謀利更是他們的誓言。這是多麼地冠冕堂皇啊，想不教人讚嘆也難！

從側面上瞭解，李錫隆局長曾試圖為這本雜誌說項，冀望手操預算大刀的議員們能高抬貴手，讓事態有一個轉圜的餘地，讓這本歷經苦難的雜誌免予再次遭受停刊的命運。可是諸議員仍然堅持己見、不為所動，其堅定剛正大公無私的情操，的確令人折服。然而，他們刪除這筆預算的本意為何？是否能說出一個讓鄉親父老悅服的因由，還是只要他們高興、沒有什麼不可以的。倘若民意代表與民意背道而馳，非僅不足取，也是選民不願意見到的。況且，自古以來，歷史就像一面明若觀火的大明鏡，無論是政治人物或平民百姓；無論是官宦人家或市井小民；無論是富商巨賈或貧賤窮民，其舉止行動、品德操守與所作所為，在它清明的照映下，勢必無所遁形。尤其是政治人物所有的行為，更必須受到高標準、高道德的檢驗，才能恪守國父孫中山先生選賢與能的宗旨，以及符合廣大人民的期待。至於《金門文藝》未來的境地如何，我們姑且不論，然凡走過的必留下痕跡，從此之後，《金門文藝》是走入歷史？還是有復刊的一天？一切端看它的造化了。

此時，面對命途多舛的《金門文藝》，心中雖有諸多的憤懣和感嘆，但在力不能及的情況下，只有無奈地接受這個不幸的事實，要不，又能如何？況且，人生在世，不如意事常有八九，倘若要爭，就為千秋萬世而爭，毋須為一時之氣而爭，更何況，浯鄉代有人才出，又有那一個政治人物敢於保證能在浯島政壇獨領風騷一輩子？或是叱吒風雲終生？而縱令歲月更迭、時代變遷，《金門文藝》這本歷盡滄桑的雜誌，即使又一次地遭受到停刊的命運，但我相信《金門文藝》這四個字，將永遠存在於鄉親父老和讀者們的深心中，亦將永恆地記錄在浯島的文學史上，讓愛好文學的朋友及後代子孫來緬懷、來追念……。

重新整理好這本書，時序已進入春雨綿綿、百花盛開的季節。

回首已逝的時光，內心難免有許多莫名的感傷。儘管落日已到盡頭，黑夜即將籠罩大地，緊接而來的是日薄西山的黯然時刻，但我依舊會珍惜當下的每一個時光，與我熱愛的文學相偎依。縱使不能寫出氣勢磅礴、震古鑠今的作品來回饋這片土地，但我仍會善盡一個筆耕者之責，在浯島這塊文學園地裡持續耕耘……。

（原載二〇一二年五月七日《金門日報・浯江副刊》）

目次

後山歷史的詮釋者

——試論陳怡情《碧山史述》

（陳怡情著，陳怡情出版，2010）

《碧山史述》是陳怡情先生的第一本著作，也是金門地區第一本與碧山村落有密切關聯之重要文獻。作者怡情先生雖已八十四高齡，但思維縝密，國學造詣深厚，更有異於常人的記憶力；復加生於斯、長於斯，與碧山有密不可分的血緣關係，故此，這段歷史由他來書寫，的確是極其適當之人選。筆者之於如此說並非刻意地奉承，而是深感歷史是不容被扭曲、史實是不能被誤導的。倘若落筆時稍有不慎，非僅不能還原歷史的真相，甚至還會成為歷史的罪人。因此，我們不僅可從書中看出作者下筆時的嚴謹，亦可充分地瞭解到他筆端欲表達的意象是什麼。尤其是一位八十四高齡的老年人，竟能利用農事之餘，優雅地運用每一個晨昏，憑著有限的記憶，把碧山即將流失的人文歷史，逐字逐句地書寫成章，為後代子孫留下彌足珍貴的史冊，確乎令人敬佩！

「碧山」亦稱「後山」，位於金門東半島，為金沙鎮轄區。即使它只是一個純樸的小農村，然卻有豐富的人文色彩與傳統建築。除了有兩株百年黃蓮木，兩尊守護鄉里的風獅爺與「陳氏宗祠」、「昭靈宮」、「陳德幸洋樓」、「陳清吉洋樓」、「雙落厝」與「一落四櫸頭」古厝外，「睿友學校」更因為它「具有歷史、文化、藝術價值，表現地方營造技術流派特色」而被列為縣定古蹟，故而有「金東的璀璨明珠」之美譽。筆者忝為碧山子弟，的確是與有榮焉。

《碧山史述》連同附錄共分為二十四個章節，時間從元、明、清朝以及當今之民國，凡碧山之重大事略與要聞，先輩先賢之豐功偉業與出洋史，甚至鮮為人知的傳說故事，無不透過其優美之詞藻、細膩之筆觸，為讀者作最完美的詮釋。儘管有部份年代久遠之傳說僅限於耳聞，但作者均能從歷史的淵源或脈絡加以分析和求證，提出合乎常理之論述，而非含糊帶過。雖然全書僅四萬餘言，然則涵蓋著整個碧山的人文歷史。尤其是〈睿友學校補述〉篇後，附錄為睿友學校題署的陳延謙與許允之兩先生之簡介，更能彰顯出睿友學校之歷史價值。

從書中顯示：「碧山陳氏緣於元朝，先祖陳德宗，祖籍晉江深滬後山鄉，曾仕於元，官居一品平章事，以剛直建諫諍言，不幸於朝罹禍，其生有三子，在家中聞訊，為避禍波及，於是各自乘舟泛海而逃。長子存志流過於福清牛田驛地方，次子存仁舉家乘舟遵海而南，中流遇風飄至同安縣翔風里浯洲嶼十七都後山鄉海邊，登岸擇地，就浯拓基，而世居焉……。」先祖之於選擇後山鄉為拓墾之地，仍鑒於後山東有「翁厝山」與「眾家山」，下有諸多沃土耕地，南有二條溪水環流入海，水源豐富，腴田可耕，只要子孫勤種，不僅收穫有餘能得溫飽亦可販售。西有曠地可墾，北有海產漁業，並可利用木船通陸營商，的確有先見之明。而村名之由來：「蓋深滬前臨海，背有碧山峰，開基祖存仁乃深滬後山五房派系，因示不忘本，而沿用『後山』與『碧山』。迨至民國四十六年，胡璉二任金門司令官時，為避免『後山』與『山后』村名顛倒，恐混亂不清，特下令將後山除名，從此之後專用碧山之名矣。」

看完此段，作者不僅把碧山陳氏先人抵浯拓基與其地名之由來，為讀者做最詳細的詮說，也同時把整個村落的歷史淵源呈現出來，我們亦可以從陳氏大小宗祠之重修重建章節裡得到印證。然而，儘管碧山年輕一輩的優秀人才不少，但無論是「大宗祠再重修誌」或「西小宗祠重建誌」均出自怡情先生之手筆，其內容之豐富，遣詞用字之典雅，以「文從字順，辭理可觀」來形容，似乎並無不妥之處，先生之文采可見一斑。

碧山源自晉江深滬，迄今已有七百餘年之歷史，而數百年來卻也衍生出數百個家族，每一個家族可說都是一頁頁活生生的碧山史。當作者進入到〈明朝陳甫毓家族傳說故事〉的領域時，這段歷史距離現下雖已四百餘年，但作者並沒有以詰屈聱牙的詞藻來詮釋，而是以通俗易懂的語句為讀者們敘述「苦父灣與陳四明」的「傳說故事」，並對副戎陳四明年少時，僱人用一塊方形大石頭，上鑿洗臉盆，下側四方各鐫「望」、「高」、「孕」、「秀」作為勵志自勉之字提出解釋。時隔數百年後，作者以「要先洗清面目，然後，望有、高舉、孕生、秀士」來釋之，的確再恰當不過。也由此可看出，作者聯想力之豐富，與其深厚的國學根柢是有密切關聯的。文後並附有〈陳甫毓家族族譜〉與陳四明親撰〈乾禹公卜葬浯洲十七都長福里鳳龍山記〉，更能凸顯其歷史價值。

〈懷念陳能顯先生〉、〈碧山教育史述〉與〈睿友學校補述〉是該書中三篇極重要之文獻。作者以三百九十五行之五言長詩，來懷念於民國十五年獨資興學創辦「碧山學校」，培育桑梓人才的華僑陳能顯先生。眾所皆知，無論新詩或古詩詞，不僅要讓人懂也要讓人感，作者竟能把能顯先生熱心教育、提攜後進之襟懷，透過其縝密的思維與文學素養，以一千九百七十五字之史實為架構，書寫成三百九十五行之五言長詩來表達，把能顯先生之生平軼事發揮得淋漓盡致，放眼當今浯鄉之文人墨客，尚無人能出其右。一位僅讀過四年私塾且年屆八十四高齡的老年人，能有如此豐沛的靈感與創作精神，不僅令人敬佩，也是後進必須學習的榜樣。

碧山教育之啟蒙，除了陳能顯先生為先驅外，後續者陳睿友先生其功更不可沒。作者在〈碧山教育史述〉這個篇章裡，特別以「富而好義澤被桑梓的陳睿友」之章節，來敘述睿友先生之善行義舉，其中並分成「修橋造路以利人行」、「設置義塚以濟貧葬」與「創建小學以資教化」等三個小單元。從該章中我們清楚地看到：「睿友先生幼隨舅父赴南洋，在東盛商號學習，初以苦心謀生，克勤克儉，少有粒積，轉習商業，以勤勞熱誠見稱，漸著商譽；嗣後開設『金和美商號』，經營木材而致富。每念幼年家貧，受舅父之宏蔭，並有失學之苦，而鄉人亦若是焉，致在叻華僑多屬勞動階層，難有出頭機會。是以晚年心繫祖國，亟思有餘力，在故鄉創辦教育，俾以啟迪後進，宏揚祖德，並諄諄訓誨子孫，積德行善，厚恕待人，相信果報必得善終。」

作者僅用短短的百餘字，就把睿友先生在外辛勤奮鬥與回鄉興學之心志表露無遺。當睿友先生辭世時，子孫為繼承其志，於民國二十三年間，提撥銀洋二萬元，委由同宗華僑陳德幸先生，全權返鄉籌建睿友學校，以培育鄉里人才。而學校竣工後，除碧山本村學童外，亦同時招收鄰村山后、山前、山西、東珩、西吳、陽宅、東店、田浦、大地、東溪等村兒童免費就讀。而此時，儘管睿友先生已作古多年，但睿友學校仍然巍峨壯麗，培育人才難計其數，鄉人對先生造福鄉里之善行義舉，更是銘記在心、欽敬不已！

而作者在〈為感念旅星陳智從先生事記〉之篇章裡，對智從先生之善行亦有如此的描述：「時里人很多因恐被抽壯丁當兵，離鄉背井遠赴南洋求生，抵達星洲時，無親人者，都投靠在『信發』，由陳智從負責膳宿外，且給零用錢，然後介紹工作……。而若干無前往南洋謀生之眷者，生活有困難者，每屆年關之前，都會寄款幫助……。」以智從先生之財力，雖難以與能顯、睿友、清吉諸先生相比，但他熱心鄉里公益從不後人，關懷族人生活從不吝嗇。作者曾獻詩一首：「陳智從先生，受業於鄉賢，成就愛鄉里，不論辦教育，或是公益事，慷慨多貢獻，從來不吝嗇，種善獲果報。」短短的幾行詩，不僅是對智從先生的敬意，也是最好的寫照。

相對於經營「和通商號」致富的同鄉華僑陳清吉先生，即便事業遍及星洲與馬來西亞，其財力之雄厚遠勝過「金和美」與「信發」，但對鄉里之教育與公益事業卻毫不重視。我們可從相關篇章得到印證。

其一、當陳能顯先生獨資創辦七年的「碧山學校」因故停輟，「當時陳清吉先生業已建樓有二年之久，財力雄厚，族人本冀望其能接辦，詎料彼無教育觀念而拒絕，有失眾望。」

其二、民國五十三年，陳清吉先生帶妻子媳返國參加國慶，並順途返金時，「陳氏大宗祠年久失修，破爛不堪，亟待修理，當經族長及長老地方人士等，前往其舍與陳清吉洽商，請其返星發動旅僑族親熱烈捐獻，鄉居亦與配合，希能集腋成裘，得以修建，清吉以砲亂未停為由，當面拒絕，又再失眾望。」

當然，清吉先生對碧山亦有少許的「貢獻」，那是：「民國四十五年間，獨寄台幣五千元作為教育費，暨四十七年八二三砲戰停火之後，曾寄台幣三千元慰問鄉居族人，每家約給七十元。」

綜觀上述，我們確實要佩服作者不畏懼權勢，就事論事，言人所不敢言的傲人風骨。即使清吉先生尚有後裔在星、房親在金，而當〈和通陳清吉〉乙文在《金門日報・浯江副刊》刊出時，非僅沒人提出反駁或有不同的看法，反而引起多數族人的共鳴，可見作者並非無的放矢，亦非對已故的長輩不敬，而是針對事實的真相書寫之。甚至對破壞碧山海域生態，於民國六十二年下令開採「前江墘」與「潭內」花崗石的羅漢文縣長，以及民國八十年初開放開採「許白灣」一帶海砂的陳水在縣長，除了批判撻伐其毫無遠見外，亦「恐後世無知，並做歷史之記載」。由此我們認為，當政治人物做出有損於這塊土地的錯誤政策時，必須受到應有的譴責，島民也會永永遠遠記在心坎裡。況且，歷史是一面大明鏡，其所作所為，島民看得清清楚楚，由不得他們胡作非為，這似乎也是當政者必須省思的地方。

即便筆者不能針對書中的每一個篇章提出分析和討論，但總的說來，《碧山史述》是一本頗具歷史價值的文史書籍。雖然它記述的只是碧山小小的村落和區塊，然碧山的人文風采、洋樓古厝，以及百年黃連木卻是不容小覷的，「金東的璀璨明珠」之美譽亦非浪得虛名。

誠然，碧山雖小，人口亦不多，但卻有四位子弟獲得博士學位，他們分別是陳秀華、陳建民姊弟（陳淵金先生之千金與公子），陳樂昱、陳樂元兄弟（陳昆仁先生之公子）。而除早年陳文聚先生擔任過碧山國校校長外，陳榮泰先生曾擔任過金門縣政府財糧科長、福建省政府組長；已故的陳忠任先生擔任過安瀾國小校長；陳榮華先生擔任過金湖中小學校長、金門縣政府文教科督學、高雄市政府教育局主任秘書、市立高雄工商校長；陳昆仁先生擔任過金寧中小學校長、金門縣政府文教科長、教育部國教司副司長、軍訓處副處長、督學、參事；現下的陳順德先生為正義國小校長；陳建民先生為國立金門技術學院教授兼觀光系主任。獲得碩士學位與擔任公職、教職或從軍報國、經商有成者不勝枚舉。金門地區十二家「7-11」超商，就有三家由碧山長老陳澤安先生之公子與千金所經營。而旅居台灣與海外的鄉親更難計其數，碧山可說是一個人傑地靈的村莊。

然而，儘管碧山人才濟濟，但其歷史卻由一位八十四高齡的老年人來執筆，認真說來未免有點諷刺。但若以另一個層面來說，即使碧山子弟在各自專業領域有傑出的表現，但對其村落之歷史淵源與各家族之不同際遇，瞭解的程度卻沒有怡情先生來得深入，其文采亦難與怡情先生相媲美，故而筆者認為：碧山這段歷史由怡情先生來擔綱，確實是不二人選。

筆者與怡情先生不僅同宗亦同為碧山人氏，我們的堂號為「穎川衍派」，燈號為「平章事給事中」，昭穆輩序依次為：「德存仕國，汝必文廣，體夏甫乾，堯舜禹啟，聰明睿智，禮樂射御，修誠齊家，永敦倫常，奮勵精勤，奕世興隆」。筆者屬於「樂」字輩，怡情先生則為「射」字輩，依輩份他必須稱筆者為「宗叔」；然若依年齡而言，他長我二十歲，不僅是我的兄長，也可說是我的老師。因為筆者在睿友學校讀「來來來，來上學；去去去，去遊戲」時，怡情先生已是碧山村公所的村幹事，平日受到他的關懷與教導甚多，迄今仍然記憶猶新。而想不到數十年後，卻同在浯鄉這塊文學園地耕耘，並時而相互切磋與鼓勵。雖然他專精於文史方面的書寫，但其文采卻不是我這個搞文學創作的後生能比擬的。此時，當我們讀完《碧山史迹》這本融合著文史、文學與譜系的作品，除了能讓讀者們對碧山的人文歷史與掌故多一番瞭解外，如此之文本，亦有它不凡的存在意義與廣為流傳的普世價值。

（原載二〇〇九年八月十八日《金門日報・浯江副刊》，金門宗族文化研究協會《金門宗族文化》於同年冬季號（第六期）轉載）

大時代兒女的悲歌

——試論康玉德《霧罩金門》

（康玉德著，金門縣文化局出版，2009）

《霧罩金門》是大陸作家康玉德先生的第一部長篇小說。簡體字版於二〇〇九年四月由武漢市崇文書局出版，繁體字版於同年十二月由金門縣文化局出版發行。這本書也是文化局首次以官方名義，出版大陸作家的第一部長篇小說。它的面世，對於向來以出版「金門文史叢書」、「浯島社會研究」與「金門地方文獻」等叢刊為主的的文化局來說，的確是破了天荒。然而這本書之於能得到官方文化單位的青睞，絕非作者僥倖，亦非文化局慧眼識英雄，能讀到這麼一部好小說，可說是讀者們的福份。當我們詳閱這本文學與文史相融合的作品時，無論時空背景的演進、故事的鋪陳、人物的刻畫、文筆的錘鍊，都有其獨到之處，更有一個生動感人的故事，來激發讀者閱讀時的心靈，讓人有一口氣想把它讀完的衝動。如此之文本，倘若沒有深厚的文學根柢，以及對浯鄉人文歷史與民情風俗之瞭解，是難以把它書寫成章的。

《霧罩金門》全書約廿餘萬言，除引言外總共區分成十八章，作者是以第一人稱的旁知觀點來敘述故事。時間從民國十四年九龍江口發生瘟疫，以及因黑道橫行而衍生的綁架勒索事件做為故事的開端；繼而延伸到民國三十八年國軍從大陸撤退來金，共軍企圖登陸古寧頭而與國軍交戰做為結束。空間為金門、廈門、石碼與漳州，經過軍閥、北伐軍、日軍、紅軍、國軍等五個不同時期。故事大綱概略地為：

民國十四年，以柴炭船為業的林闊，為了營生，經常來往於石碼與金門兩地，而不幸四個子女中有三位死於瘟疫，故而不得不把倖存的女兒海燕，寄養於後浦的友人炮生家。之後，海燕與經營米粉坊而得名的米粉娘之子文福和炮生的兒子文貴成為童時的玩伴。文福和文貴卻在某年農曆四月十二迎城隍的那晚遭受內地來的歹徒綁架，然卻僥倖逃脫，躲藏於蘆葦中，復被柴炭船主林闊在心不甘情不願之情境下救起帶回金門，文福自此懷抱著報恩之心。

當年橫行於九龍江口的幫派，有「礁尾幫」、「鱟殼幫」，以及以鹹水草帽為標誌的「鹹草幫」……等，他們向來往的船隻收取過路費和保護費。矮仔虎並以其惡勢力擔任一所中學的董事，而這所學校正是文福就讀的高中，矮仔虎也是當年綁架他的幫首，當他得知詳情後，惟恐日後被他認出遭受報復而輟學回家，但對矮仔虎的憎恨則隨日俱增。就在一次赴石碼找海燕時，無意中為紅軍帶路殺了矮仔虎的手下豹仔河，復逃回金門，但海燕卻被矮仔虎押為人質，並遭受其手下玷污。尤其是在一次國軍與日軍對峙的緊張氣氛中，風聞國軍即將徵用民船載石炸沉堵塞航道，文福擔心林闊的柴炭船被徵用，力勸他駛船躲避，不料柴炭船因此被日軍炮火擊沉，林闊一家越發怪罪文福。自此之後，文福成了林闊家人人欲誅之的「掃帚星」。

抗戰爆發後，金門被日軍佔領，文福逃至林闊家裡避難，而師範畢業的海燕，則二度受聘到後浦任教，當日軍重修西園鹽場時，文福則透過海燕學校同事高利的介紹，到鹽場工作。復因西園鹽場發生抗日事件，文福遭受波及被軟禁，海燕誤以為文福涉案，故而四處奔走、設法營救，卻不幸落入高利的圈套，被圈禁在廈門住處，而想不到高利竟是矮仔虎的兒子。當她伺機從高利處逃返自家時，文福也來到石碼，並聽信傳言謂海燕已嫁予矮仔虎的兒子高利為側室，文福則落入富家女寶珍的圈套而步入婚堂，海燕眼見文福已與寶珍結婚，遭此打擊後傷心過度致殘。

民國三十八年共軍進攻金門時，林闊也是被徵用的船伕之一，而卻在戰事結束後被虜，文福則是看管這些俘虜的國軍警衛，趁著他們不注意時，林闊以其矯健的身手快速地翻牆逃跑，並適時躍入海中，雖然手臂被擊中一槍，但憑著他長年與海為伍的良好水性，經過與風浪的一番搏鬥，終於泅回石碼，成為這場戰役中唯一生還的人……。

誠然，這幾百字的故事大綱並不足以代表整本書的內容和情節，當我們閱畢全文時，的確感到有些不可思議。作者出生於一九六八年，在書寫此文時只不過四十出頭，如此繁複的時空背景，寫來竟能得心應手。而身為福建龍海人，儘管與我們同一個省份，然與金門並沒有任何血緣關係或同宗淵源，亦未曾踏上這座島嶼一步，僅憑有限的資料，復透過敏銳的觀察和想像，善盡一位小說家的職責，把金門的人文地理與風土民情，詮釋得淋漓盡致。並忠實地傳達書中人物的心聲，復以其嚴肅的文學之筆，書寫出爾時社會的動盪和形形色色的樣貌，以及大時代兒女的愛憎與哀樂，黑道人物猙獰的面目與利益的糾葛，人性的自私矛盾與醜陋等等；再以高技巧的人物刻畫，來凸顯整個故事的美感與質感，以趨增加它的可讀性。作者所花費的心血，整本書所蘊藏的深義，我們不難從他欲表達的意象得到印證。

不可否認地，有故事就有人物，故事雖是構成小說的基本元素，但生動的人物刻畫，對於一篇以傳統方式來書寫的小說，卻是不可或缺的。因為它必須具備共性，也必須呈現永恆的人性，而且又必須反映時代，凸顯出文中人物的特質，如此始能讓讀者們接受。然而，即使《霧罩金門》有一個氣勢磅礡的動人故事，全文最成功的地方則是它細緻生動的人物刻畫。例如：

——憨厚的「水根」：他是林闊雇來的幫工，二十歲光景，做事毛手毛腳的，雇來好幾年了，林闊總嫌他不長眼色。此時正在船尾煮稀飯，只見他滿頭大汗，把臉伏在灶口，赤著一雙骯髒大腳，高高翹起屁股，手裡拿著一把篾扇劈啪直往灶口扇著，長滿厚繭的髒手往臉上一抹，一張臉越抹越黑，他卻渾然不覺。

——老實的「炮生」：林闊路過漁具店，見店裡一人正向僂著蝦米腰身蹲在木凳上，低頭端著碗正往嘴裡扒得滋滋響，此人三十多歲光景，半禿頂頭，白淨臉皮，八字眉，綠豆眼，眼珠子正打著骨碌。林闊一眼認出此人正是店主人炮生。

——粗線條的「米粉娘」：林闊回頭一看，原來是南門米粉坊的米粉娘，只見她三十出頭模樣，棗紅臉色，濃眉大眼，闊頭闊嘴，腰身矯健，光著腳板，一雙大腳卻也洗得乾乾淨淨，十根腳趾結著厚繭，根根通紅發亮。又見她上著靛藍底紅碎花右衽大襟，下著黑色土布褲，肩頭、膝蓋幾處補丁是補了又補，衣服上下洗得泛白，卻是乾乾淨淨，一塵不染。

——狡滑的「矮仔虎」：他四十光景，矮胖個頭，豬肝臉色，虎頭虎嘴，眉宇間自有一股軒昂之氣，頭戴深褐色絨氈帽，身穿藍底金花綢緞長衫，腳著膠底絨面黑布鞋。林闊認得那人正是矮仔虎，嚇了一跳，急忙閃到路邊。

——妖艷的「四十翠」：一副腰身，香甜甜，鮮嫩嫩，水靈靈，活潑潑，清爽爽！跟菜地裡剛剛拔出來的紅蘿蔔，跟剛剛蹦上船上的魚兒，沒什麼兩樣。

——富家女「寶珍」（初見時）：二十出頭光景，扁闊臉，扁闊鼻，眼睛不大，經眼影一塗，一雙眼雖不算得漂亮，倒也有七分生動，偏又長著一隻大嘴巴，一笑起來大牙外露，嘴唇經她用朱紅唇膏一塗，也能惹男人胡思亂想一番。（再見時）：只見她穿一身暗紅色緊身綢緞旗袍，腳蹬一雙烏黑發亮的暗紋牛皮高跟鞋，燙著一頭波浪式披肩秀髮，兩隻黃金耳墜不知何時換成白金，光芒四射，胸前提著一串綠寶石雞心金項鍊，手腕上一對鏤花金鐲足有小指頭粗，腳脖子戴著的一對金鐲子，一步一晃搖得滿屋子叮鈴鈴響

——現實的「豆花」：四十歲出頭光景，生就一張青白瓜子臉，額頭略鎖，眉心微皺，蔥管鼻，薄嘴唇，茶仔油把滿頭烏髮抹得油光發亮，一絲不亂，腦後打一個螺仔髻，又見她中等

身高，身材消瘦，左手手腕掛著一串紫黑色菩提佛珠，右手手腕掛著兩隻手鐲，一隻銀鐲，一隻翡翠鐲。

從上述幾個實例中，我們可以清楚地發覺作者心思的縝密、觀察的細微，無論是人物的五官輪廓，或是頭上戴的，身上穿的，足上蹬的，都做了鉅細靡遺的描述，與新世代作家的意識流寫法是全然不同的，更異於全篇滿是「你說」、「我說」的言情小說。但是，成功的人物刻畫只是整篇小說的一個環節而已，作者對金廈海域的生態環境，對舢舨和柴炭船的結構與操作，對船家航行時的生活起居，其瞭解的程度不亞於一位長年在海上討生活的水手。儘管不一定是作者的親身經歷，但如果沒有深入觀察和體會，豈能把它書寫得那麼生動傳神？

幫派的描述也是該書極其重要的一環，作者筆下的歹徒，與時下的地痞流氓並無兩樣。他們為非作歹，佔地為王，欺壓百姓，其手段之兇狠、毒辣，的確讓善良的船家聞之色變，於是始有「插爐」自保這個情節的書寫。關於插爐這個典故，作者作如此地詮釋：

——炮生問：「什麼叫插爐？」

——林闊答道：「插爐，就是入會，幫主就是爐主。你入了會，他們就不找麻煩，廈門、漳州、石碼都一樣。你交錢插了他的爐，他發給你一方『腰憑』，他們再搗你的門，你拿它給他們看，他們就不搗。天黑路暗要是遇到盤查，你沒有那方腰憑，白白捱你一頓。一人入會保一人平安，全家入會保全家平安，不只是做老百姓的入，員警和做官的也入。」

——林闊道：「這個爐，那個爐，你要我插誰的爐？插礁尾幫的，黨殼幫、鹹草幫不認帳；插黨殼幫的，礁尾幫、鹹草幫不認帳。」

——炮生道：「你風裡來浪裡去，駛船駛在尖刀陣上，看誰的腿粗一些就趕緊插誰的爐，趁早入會吧。」

當我們看完這幾句對話，就猶如看到一個由幫派當家的無政府社會，作者倘若沒有深入這段歷史的探索，是難以做如此描述的。我們似乎可從「三點會」的詩串對唱（也就是所謂的「暗語」），得到此許印證：

久聞久聞真久聞，老哥是個有名人。
今日有緣會金面，你我都是一家人。

假使同為會中人，聽了這幾句暗語後，對方就會站出來對唱；一旦得不到對方的應答，卻又會唱著：

老哥外頭好威風，五湖四海訪賓朋。
不知老哥駕來到，小弟前來接塵風。
一別老哥二三春，不知今日又相逢。
桃園結義恩情重，好比劉備遇關公。

但是不同的幫派亦有不一樣的暗語，例如「鹹草幫」向諸船家兜售護船小旗時，則唱著：

廈門出了鼓浪嶼，江口出了黃翅魚。
九龍江上好風光，九九歸一鹹草幫。

當船家無意購買時，馬上以威脅的語氣唱著：

平時燒香未曾到，急到臨時抱佛腳。
良藥苦口利於病，且聽下回見分曉。

看完道上幫派的幾則暗語，不管作者是有所本，還是杜撰，抑或是聽老一輩所言，站在欣賞者的立場，我們姑且不必去追根究底，至少作者把它引用在這個章節裡，更能凸顯出黑幫橫行在九龍江口與金廈海域的猖狂行為。礁尾幫的矮仔虎，除了在海上向船家收取保護費外，更在廈門開煙館、賣槍械，其手下豹仔河的凶悍，相對地也顯現出矮仔虎惡勢力的強橫兇暴。當看完這個章節，彷彿讓我們置身在爾時的時光歲月裡，親眼目睹善良的船家和百姓，遭受黑道份子脅迫時的恐懼和無奈。

在《霧罩金門》這部廿餘萬言的長篇小說中，作者康玉德先生並非只是單一的告訴我們一個感人的故事。除了上述情節外，他同時把製作「大管弦」的技巧傳授給讀者，甚至還把錦江的傳統小調「錦歌」，透過書中人物，做了一番詮釋。讓我們知道錦歌有：「雜念調」、「哭調」；雜念調又分成：「錦歌答嘴鼓」、「錦歌紅姨調」、「錦歌雜念調」、「宜蘭雜念調」；而每一種調子又有不同的唱法，哭調有：「賣藥哭調」、「宜蘭哭調」、「乞食哭調」、「滾仔哭調」、「運河哭調」、「瓊花哭調」；另外又有「七字調」，七字調則分成：「錦歌四空仔」、「錦歌占卜調」、「錦歌七字仔」、「台灣錦歌七字仔」等等。雖然我們不能說作者博學多聞，但至少必須對地方小調或傳統戲劇有所涉獵，始能做如此的描述，始能賦予書中人物一個鮮活的生命，而非只是文字與文字的堆疊，以空洞的意象來矇騙讀者。身為一個小說家，除了說故事外，亦必須善用書中人物的見事觀點，適時調整角度，轉換敘述口氣，方能產生更強烈的效果。作者康玉德先生已確確實實做到這一點，讓我們感到佩服。

「高利」雖是書中人物不可或缺的角色，但他的出現卻讓人感到有些突兀，因為他是矮仔虎的兒子。若以矮仔虎在廈門的惡勢力和財力，他的兒子受聘來金門教日文似乎有點牽強。依爾時的物價指數而言，試想：一位小學老師一個月能掙得幾個銀元？他的月俸與矮仔虎的財富是不成比例的。除非高利是為了一圓傳道授業的夢想，或是厭惡其父為非作歹的不當行為，果真如此的話則又另當別論。如果以另一個層面來解讀，高利的出現正是該文高潮的開始，他不僅另有所圖，人性險惡與奸詐的一面也隨著他的現身而浮上檯面。俗語說有其父必有其子，果然是名不虛傳，而受到嚴重傷害的就是他學校的同事——海燕。

試以人物刻畫的角度而言，雖然高利是這部小說裡的反派角色，而且是黑道份子矮仔虎的兒子，理應是一個不知人生甘苦的公子哥兒，但當他虛偽的面紗尚未被拆穿時，作者卻把他塑造成一個道貌岸然的夫子，而後巧妙地利用他和海燕交談的機會，把金門歷史古蹟做了簡單的介紹，甚至還對海燕細說讀書的大道理：

——「讀書不可只停留在書本上，不能和現實脫節，要身體力行。若是脫了節，縱然能把千百名篇倒背如流，也不能把書本讀懂、讀透。」

——「有的讀書人，或抱一偏之見，或捕個一鱗半爪，或憑道聽塗說，妄加臆測，輕下定論，誤已是小事，還要貽誤後學，這都不是史家應有的作風。只有以史料為依據，有理有據，才能令人信服。所以我們讀書不可拘泥於一家之談，應博取眾家之長，融會貫通，取其精華，去其糟粕，才能得其精髓，為我所用。」

——「多讀書是好事，林小姐精神可嘉。可惜近日我觀林小姐讀書，是多了一個『躁』字，少了一個『靜』字，昔者云：為學第一工夫，要降得浮躁之氣定，需知『靜』字治得學者萬病，立志求學之人，只有內心澄靜，沉得住浮躁之氣，才能有所長進。更何況凡事應該鬆弛有度，該鬆則鬆，該緊則緊，循序漸進，步步為營。讀書更是一樣，該放鬆心境就放鬆心境，待集中起精神來，方能事半功倍……。」

從高利滔滔不絕的言談中，我們可以看出他的學識和素養，但這只不過是他的假象和虛偽的一面而已。他受聘來金門教書似乎不只是單純的傳道授業，而是另有目的。因為他不僅是矮仔虎的兒子，又入了日本籍，和日本人的關係密切，說不定是來臥底的「抓耙仔」。作者塑造這號人物時，不僅賦予他生命，也同時把他塑造成一個雙面人，一方面讓人痛恨，另一方面則能滿足讀者汲取知識的慾望。總而言之，高利的出現，除了為該文製造更多的高潮外，也啟迪讀者閱讀時的心靈，因為他與海燕的交談，隱藏著不少值得讓人玩味的人生哲理。當我們獲得這些無形的知識時，就姑且不必去管他的角色是正派或反派了。

海燕之前曾為了文福帶紅軍殺了礁尾幫的歹徒、而無辜地受到波及，遭受矮仔虎手下的圈禁和凌虐。好不容易在她受創的身心逐漸平復時，卻為了營救文福而陷入高利的圈套，被囚禁在他廈門的家中。而當她尋機逃出魔掌，卻又眼見文福已與寶珍結婚，經過種種無情的打擊，在極度悲傷無奈之下，不幸罹患惡疾致殘。追究其因，如果沒有高利這隻披著羊皮的野狼出現，海燕的命運是不致於如此的。假設以人性的觀點而言，作者做如此的安排，似乎與人道主義背道而馳，作者自己焉有不知情之理？然而，若不做這樣的描述，故事的結構則又略顯平鋪、情節不夠曲折。以作者之文學素養與縝密思維來說，想必當他在做此決定時，內心勢必是充滿著矛盾和掙扎。因為，讀者們冀望的是：海燕這個乖巧懂事的女孩，能有一個幸福的未來，但往往人算不如天算，這或許該歸咎於海燕命運的乖舛吧！

綜觀上述，《霧罩金門》除了反映時代的動亂，亦有一個明確的主題，書中人物離不開他們各自歷經過的時代環境和社會變遷，忠實地傳達他們誠摯的心聲，並深刻而細微地呈現現實人生百態。然而，即便它是歷年來浯島文壇少見的長篇佳作，但還是有幾點值得商榷的地方。

一、當四十翠和林闊在床上翻雲覆雨後，四十翠媚眼看著林闊，雙手撫摸著胸口，嬌滴滴道：「論年齡，你也跟我一樣都是三十好幾的人了，還挺會折騰人，氣力一點也不比小夥子差，差點要人家的命……。」而林闊竟然得意洋洋笑道：「這個當然，妳沒聽人說過『三十如狼，四十如虎』，我這個年齡是春苗得雨正逢時，那些愣後生如何比得上我……。」而「三十如狼，四十如虎」這句話，通常是針對女性的性需求而言，含有一些揶揄嘲諷的意味，作者把它運用在男性身上，來凸顯其性能力，似乎有些不妥。

二、米粉娘雖是一個大老粗，其「他媽」的「國語」口頭禪，並非那個年代金門婦女能說上口的。本地人之於能說上幾句「普通話」，那是民國三十八年國軍撤退來金門後，大部分國軍弟兄均借住於民房，軍民在朝夕相處下，為了便於溝通，始慢慢地學會說幾句不太標準的國語，做為彼此溝通的語言，但絕不會開口就「他媽的」，遑論是一位婦人。倘若作者必須以此來凸顯米粉娘的率性，如能以閩南語「恁娘的」替代「他媽的」，可能較符合爾時少數粗線條的當地婦人，口頭常說而意義淺近的語言。

三、關於文福參加「金門義勇壯丁隊」訓練，打靶連中靶心，被稱為神槍手乙節，與事實是有些微出入的。據《金門縣志》〈兵事志〉記載：本縣於民國十四年成立「保董公會」，十九年改為「民團」，廿四年成立「聯防辦事處」，同年，縣政府設立「金門保安中隊」，廿五年成立「金門縣社訓總隊部」，廿六年對日抗戰則組織「金門縣壯丁自衛常備隊」，廿七年「保安隊」與「壯丁自衛隊」偏併「福建省保安隊」，三十四年抗戰勝利除自衛隊外並成立「國民兵團」，故此並無「金門義勇壯丁隊」之名稱。而彼時槍械彈藥來之不易，文福亦坦言：「我們幾個人合用一枝長槍，有的槍又不能使喚」，因此我們合理的推論：「連中靶心」之實彈射擊訓練似乎有待商榷。雖然它只是筆者主觀的論述，並不影響整篇小說的格局，但是，若以嚴肅的文學觀點而言，既然故事是以歷史為時空背景，則必須回歸到史實。不知作者以為然否？

四、文福道：「日本來了一個艦隊，連航空母艦也來了，頭天他們派出一個小分隊想在後浦登陸，被我們打了回去，哪知第二天晚上他們改在水頭登陸。」看完這一段，首先讓我們聯想到的是：小說情節雖可誇張，但必須符合常理，這是不爭的事實。無論來的是艦隊或航空母艦，作者所謂「來了」，當然指的是來金門。然而儘管金門這個小小的島嶼四面環海，卻只是淺海與淺灘，即使軍艦可以利用海水漲潮時在新頭碼頭搶灘登陸，而「連航空母艦也來了」絕對是不可能的；同時，軍艦「在水頭登陸」的可行性也不高。攸關這點，我們能理解作者未曾到過金門，故而對金門地理環境的書寫難免會有些微落差。再以航空母艦的構造與性能而言，我們試以日本參與侵華戰爭的「鳳翔號航空母艦」為例：它全長一六八點四米，寬二二點七米，吃水六點二米，排水量為七千四百七十噸，如此之龐然大物，豈能進入金廈海域？倘若是航空母艦來到台灣海峽，然後出動艦上飛機進行轟炸，或許較具說服力。

總的說來，《霧罩金門》不僅有一個完整動人的故事，也同時映現出傳統文化與風土民情的真摯情景。作者無論在創作技巧或表現手法上都深具水準，是一部可讀性甚高的長篇鉅作。平心而論，對於上述幾點小瑕疵，它並不影響小說架構的完整性，我們理應不該吹毛求疵過於苛求。然而，作者康玉德先生是大陸頗受重視的中生代作家，其作品非但受到文壇的矚目、讀者的喜愛，方家也給予很高的評價。故此，對其第一部長篇小說的要求，我們必須以高層次的水平來審視，而不是敷衍了事。冀望他日後能寫出超越《霧罩金門》的作品，來回饋這塊歷經戰火蹂躪過的土地，以及血脈相連的兩岸同胞與全球華文界的讀者們。

（原載二〇一〇年元月三十至三十一日《金門日報・浯江副刊》，福建省漳州師範學院閩台文化研究所《閩台文化交流》（季刊）於同年第二季（二十二期）轉載）

誠樸素淨的女性臉譜

——試論陳榮昌《金門金女人》

金門金女人

浯島女性臉譜書寫

陳榮昌｜著

（陳榮昌著，金門縣文化局贊助出版，2010）

《金門金女人》是新聞記者出身的作家陳榮昌先生，繼《浯土浯民》、《傳統建築匠師臉譜》與《金門印象三部曲》之後的第四本書。即便這本書是「浯島金門人真情故事」系列報導的延續，然而，他書寫的對象卻是浯島不同年代與各個階層具有代表性的女性人物。雖然陳榮昌先生是以新聞報導的角度來書寫，與《浯土浯民》、《傳統建築匠師臉譜》亦有異曲同工之處，但若以其內容來論述，顯然地是有明顯差異的。因為，《金門金女人》書中情節活潑生動，筆端流露真情，讀者們既可把它當成報導文學來閱讀，亦可以散文鑑賞的心境來品賞，許多篇章更是上乘而不可多得的小說題材，只要稍加改寫，一篇篇精采感人的作品即可成章。而上述兩書似乎是純粹的新聞報導，故此難以喚起讀者身歷其境的真切感。從《金門金女人》書中，我們亦可清楚地發覺到，陳榮昌先生已拋棄先前的書寫方式，以清婉明麗的文學語言與新聞報導相結合，讓作品趨向自然淳美，並同時兼具深度、廣度和可讀性。儘管方家對各種文類有不同的詮釋，讀者諸君亦有不盡相同的見解，但筆者還是認為：它是構成這本書成功的主要因素。

《金門金女人》全書分為〈金女人篇〉、〈中女人篇〉與〈青女人篇〉等三輯。作者以其華麗流暢的文筆，以及縝密的思維與獨樹一格的書寫方式，勾勒出四十二位老、中、青三代的女性輪廓。當我們讀完〈金女人篇〉，彷彿置身在爾時那個艱辛苦楚的年代，心中總會湧現出無限的感傷；當我們看到〈中女人篇〉那個〈暗夜哭泣的活寡婦〉與〈八二三跟人跑的董彩娥〉時，想不感動涕零也難啊！而那些從逆境中力爭上游的「青女人」，怎不教人肅然起敬。故而，我們敢於如此說，陳榮昌先生是以嚴謹的報導文學手法來構思，復以感性優雅的文學之筆來書寫，讀者們看到的似乎不只是一則報導或一個故事，而是一張張金門女性誠樸素淨、沒有經過粉飾的清麗臉譜。因此，我們不難從其中窺探出作者的用心和文采。

然而，儘管《金門金女人》是「浯島金門人真情故事」的延續，但可貴的是作者並沒有以平鋪直敘的新聞報導手法來書寫，而是以其生動靈活的文學筆觸，透過真實人物的訪談作成記錄，把島鄉女性誠樸敦厚的面貌活生生地呈現在讀者面前。書中有「金女人」的宿命和悲歡，有「中女人」的感嘆和風采，有「青女人」的善良和雅致。它不僅是一篇篇感人肺腑的報導文學，也是一篇篇可讀性甚高的文學作品，更是浯鄉「金女人」的悲歌和滄桑史。如此之文本，倘若沒有深厚的文學根柢與一顆熱忱之心深入訪談，豈能把它書寫得那麼靈活逼真、生動感人。而「金女人」一詞，更是陳榮昌先生對金門婦女的一種尊稱，設若以它輯數的目次來分別，作者所謂的〈青女人篇〉寫的當然是青年女性；〈中女人篇〉寫的則是中年女性；相對地，〈金女人篇〉寫的必是上了年紀的老婦人。但是，作者並沒有以庸俗粗淺的「老女人篇」來區分，而是賦予一個既典雅又莊重的「金女人」。「金」除了代表金門外，也是「真」字的諧音，更能凸顯出金門婦女刻苦耐勞、勤儉持家，不向命運低頭的韌性。故此，無論是「金門金女人」或「金門真女人」，都是對金門女性的尊崇。以「金門金女人」為書名，更是對島鄉婦女與文中諸女士的敬意。

〈金女人篇〉從〈守樓半世紀的陳清〉、〈洪甜桃的針線情〉、〈愛唸歌的楊黃宛〉……到〈「后垵醃菜脯，賢聚巡田圃」的林泡〉與〈百歲人瑞羅方快〉等共計十七篇。篇篇都是不同情節的獨立單元，記錄老一輩的「金女人」，不向現實環境低頭、不屈服於命運的真實故事。在〈守樓半世紀的陳清〉這個篇章裡，作者以優美感性的文學語言作為開端，敘述一位守樓半世紀的老人心境：「清晨五點，金門城老街的石板路上，還留著隔夜的水氣，九十一歲的老阿嬤陳清拾級而上，推開烙印著七十餘載歲月的斑駁門面，讓晨曦灑進略帶霉味的老洋樓，又開始這一天與它的心情對話。」陳清老阿嬤二十二歲當了黃天佑醫生的繼室，三十出頭成了獨守這棟洋樓的寡婦，牆上泛黃面容模糊的相片，是守樓老人內心永遠的悲痛。近六十年的寡居歲月，並非是一個短暫的時光，又有什麼能彌補她心靈上的空虛和寂寞？這不僅是陳清老阿嬤心中的傷痛，也是爾時不幸失去另一半的「金女人」的宿命。因為遭受此一命運的「金女人」，大部分都背負著傳統的包袱而守寡終身。作者以：「金門城明遺老街低矮的古厝，擠壓著黃昏前最後的一點餘光，伴隨著島鄉的陣陣晚風，沉沉地吟唱著老街洋樓半世紀清冷。」短短的幾句話，就如同是一首意象分明的散文詩，把年久失修的洋樓與寡居老人的心境詮釋得恰到好處，讓讀者意會到故事的真，感受出文字的美。

閩南語的「新婦仔」也就是俗稱的「童養媳」。爾時在這座島嶼，可說每個村莊或多或少都有把自己的女孩送人做新婦仔，或是收養別人家的女孩來做新婦仔的情事。但新婦仔也不盡然全是童養媳，即使有與自己的孩子配對成功而送作堆「做大人」（成婚）的，亦有當成自己親生女兒長大後讓她嫁人的；而無論家裡從事的是何種行業，「飼新婦仔」最大好處就是多了一個得力的好幫手，大凡洗衣、煮飯、做家事或照顧弟妹，都是新婦仔日常的工作。倘若遇到好的養父母，大都會視為己出，「心肝命命」般地疼惜，萬一不幸遇到類似「晚娘」的「惡婆婆」，則會遭受到百般的凌虐和「苦毒」。同樣是新婦仔，命運卻大不相同，的確是各有各的造化、怨不了誰。然而作者筆下的〈媳婦仔李富〉（「媳婦仔」正確寫法應為「新婦仔」），卻是深獲養父母「非常疼愛」的幸運兒。養父是「法師」，生了十四個孩子，又養了四個新婦仔，而不幸其親生子女卻一一早夭，因此對四個新婦仔疼愛有加，李富實在是「好新婦仔命」。但是她也相當「起工」，因為養父母膝下無子，當她與頂堡翁水性結婚後，除了孝敬公婆外，亦同時奉養養父母，可說是「雙頭顧」。作者在這一篇章，雖以人性的角度來詮釋，但也透過李富老阿嬤，為讀者敘述一段島鄉歷史。從日據時代、八二三砲戰到駐軍裁撤……，她訴說的，似乎已不再是昔日浯島的榮景，而是老人家近一世紀的悲傷歲月和逝水年華。

〈三吋金蓮林洪蔭〉、〈纏足董玉意〉與〈小金門繡花鞋陳林蔭〉三篇，均與女子綁小腳與三吋金蓮繡花鞋有關（「綁小腳」也就是我們俗稱的「縛跤」）。首先作者以：「白色的裹腳布，纏住了昔日傳統女子的青春，也纏劃出父權社會下的男人王國。層層裹腳布，裹出可供男人一手掌握把玩的三吋金蓮。被扭曲了的肉體，代表又一具被馴服的靈魂。」來詮釋爾時女性「縛跤」的經過和無奈。短短的幾句，不僅是最貼切的描述，也讓我們很快地聯想到，古時足蹬三吋金蓮的婦女，鞋尖從長裙底下若隱若現，走路時裙釵搖曳生姿，展現出中國傳統女性的古典美。然而，又有誰能體會到她們纏腳時的苦痛？如今小腳已變成大腳，三吋金蓮亦由各式各樣的高跟鞋取代，曾經收藏了一萬多雙三吋金蓮的柯基生先生指出：「纏足是千年來影響婦女最大的時尚，影響整個社會的價值和審美觀，解纏足運動則是影響婦女最劇烈的一次革命。」柯先生的一席話，除了與陳榮昌先生相呼應外，也道出了纏足與解纏足兩個不同時代女性的心聲。讀者們更能從〈小金門繡花鞋陳林蔭〉這個篇章裡，看到陳林蔭老阿嬤製作三吋金蓮繡花鞋的技藝。她熟練地先做布底，再繡鞋面、鑲金線，復將鞋底與鞋面縫合，然後釘上鞋跟始告完成。然而一雙三吋金蓮繡花鞋的完成，不僅僅是老阿嬤的手藝好，其一針一線更是她心血和智慧的結晶。作者寫著：「小金門上林村厲王爺宮旁的龍眼樹下，總會看到九十五歲的陳林蔭，靜坐在躺椅上，用爬滿皺紋的巧手，一針一線地刺繡出花色艷麗的三吋金蓮，細細描繪著絲緞花布下，屬於她的那段過往年華。」這是一段多麼感性的表白啊，也是陳林蔭老阿嬤此生最好的寫照。陳榮昌先生清麗流暢的文筆，復加生動傳神的描述，的確讓我們驚歎不已。

〈洪甜桃的針車情〉作者開頭即以：「針車伴伊一世人。一具老式的手搖針車，搖出逾半世紀島鄉女子的心情故事。」來敘述洪甜桃十八歲嫁給同村的蘇媽川，而婚後才四個月，丈夫便「落番」遠赴馬來西亞討生活。想不到幾年後丈夫因病住院，卻與看護日久生情、結成夫妻，最終則客死異鄉。於是洪甜桃以一台丈夫生前從南洋帶回來的針車，為阿兵哥「車綁腿」，幫村人「做衫褲」，賺取微薄的工資貼補家用，獨力撫養兒女、孝敬公婆。像洪甜桃女士這種故事，島鄉可說不勝枚舉，這似乎也是她們的宿命。然而，儘管洪甜桃的命運坎坷，但因為女兒早婚，三十七歲即做了阿嬤，同時，丈夫在馬來西亞與「細姨」所生的孩子，除了來金相認對她孝順有加外，每年都會從僑居地返金探望她，讓她備感窩心。坦白說，在現實社會的使然下，在「大娘」與「親娘」的糾葛中，能展現如此風度與孝心的子女倒是少見，這或許是洪甜桃女士前世今生修來的福份吧！

〈張淑賢溫州夢遠〉的故事更是曲折感人。「行船」的父親帶著母親、小弟以及五歲的張淑賢，從溫州來到后浦東門小住。因母親身體不適，復加盤纏不足，張淑賢被留下送給周家做「新婦仔」。雖然她嚎啕大哭百般不願，但父母和小弟都已走了，只好擦乾眼淚認命。幸好周家女主人待她如己出，始讓她忘卻離鄉背井的辛酸與孤寂。然而好景不常，當她十七歲嫁給南門一個土名叫「許糖」的男人時，往後的日子卻是她人生歲月的一大轉折，除了連生二男五女，復加公婆、小叔和小姑，一家十餘口僅靠幾塊旱田過活，加上原本的「慘底」，經常有一頓沒一頓的，生活相當清苦。作者除了敘述張淑賢女士坎坷的一生外，也道出一位九十八歲老阿嬤的心聲：「親生父母的容顏已模糊，回家的路也不復記憶，她不記得故鄉人，故鄉親人對她也毫無印象，即便相逢，亦不相識。想著想著，髮蒼齒搖的張淑賢又惘然了……。」而〈異鄉人楊陳瑞吾〉與〈張淑賢溫州夢遠〉雖有不一樣的命運，然其旨趣卻是相同的。張淑賢知道自己是溫州人，但民國四年出生的楊陳瑞吾，籍貫何處卻一無所知。她是被家人裝進籮筐裡，由哥哥用扁擔挑著從大陸渡海來金門，賣給金城北門一戶人家做「新婦仔」；從此之後像株失根的蘭花無所歸依，更像顆油麻菜籽隨命運擺弄，最終成為島的女兒。落寞時，難免會想家、想親人，但又不知該將鄉愁寄往何處。即便她們前半生都過著含辛茹苦的日子，而後半生則享受著含飴弄孫、幸福美滿的生活。這似乎也是島鄉諸多老年人共同的宿命和記憶。作者能走遍各村落，加以發掘、整理和書寫，試圖為「金女人」留下一個完整的紀錄，其用心可見一斑。

在〈金女人篇〉這一輯裡，〈愛唸歌的楊黃宛〉是較經鬆的一篇。一位八十五歲高齡卻又沒有唸過什麼書的老阿嬤，竟能憑著自己的興致和記性，唸起俗諺俗語和歌謠，甚至還能以時事為背景，自編自唱、自娛娛人。作者在介紹楊黃宛老阿嬤時曾說：「一曲歌謠，就是一頁歷史、一段往事。」實不為過。然而，受訪者已年屆八十五高齡，無論她知道多少或能唸出多少，倘若不把握住機會盡速地加以整理、紀錄，一旦良機失去勢必讓人感到遺憾。這是浯鄉作家與文史工作者必須共同體認的事實。雖然陳榮昌先生僅只紀錄了九則，並不厭其煩地加以解說，但在筆者的感受中，一曲歌謠何止是一頁歷史或一段往事，簡直是一個動人故事的縮影。例如：從沒有娘家庇護的大陸婢女（俗稱的「查某嫺仔」），到出洋（落番）前離情依依的心境；從抽中壯丁的無奈，到國共對峙、腥風血雨向浯島席捲而來的情景……等等，作者均能以老阿嬤的歌謠為依據，做了極詳細的詮釋並完整地記錄下來。或許，目前尚感覺不出它的可貴，然而一經歲月的真光照耀，便能彰顯出它的歷史價值。而唯一美中不足的是閩南語轉換成國語方面，有少部分文字作者並沒有以正確的閩南語來書寫，僅以它的語音來替代。比方說：「賭博母，飫死子；賭博嬤，漲死孫」若依《閩南語辭典》來解釋，其正確的寫法應為：「跋筊母，枵死囝；跋筊𡢃，脹死孫」，雖然陳榮昌先生如此寫法多數讀者均能領會，但我們還是冀望他往後在閩南語字詞的書寫上能多費點心思；既然有《閩南語辭典》作為依據，就必須多花點時間去翻閱，而後加以運用，讓作品趨於完美的境界。除非電腦找不到的字，再以同音字來替代，或許較為妥當。

第二輯為〈中女人篇〉，收錄〈金門第一位女將軍傅晴曦〉與〈蘇星輝辦教育開創一片天〉等八篇作品。首先，作者打上金門也有「女將軍」的問號，其實傅晴曦女士並非軍校科班出身，其「少將」軍階係由宋美齡女士建議，蔣總統所賜，因而始有「女將軍」的美名。作者是依據傅子貞老師所言，作以上的表示。然而，我們姑且不必去管傅晴曦「少將」官銜的來歷，其出眾的才華卻是千真萬確的。作者說：「人生，是一幕幕不斷流轉的風景，總要在幕落人去後，才感覺得到它的真實。」這幾句話對於終生未嫁、把青春奉獻給黨國的傅晴曦女士而言，確實是最好的寫照。雖然她與〈辦教育開創一片天〉的蘇星輝女士是兩個不同時代的典型人物，但她們非凡的成就，以及充滿著光彩亮麗的人生，將同時在這座歷經戰火蹂躪過的島嶼，留下一頁可歌可泣的篇章。

在〈暗夜哭泣的活寡婦〉這一篇章裡，作者透過主角的女兒楊月女士，來敘述這個讀來令人動容的故事。儘管「落番」的故事在浯島稀鬆平常，甚至〈金女人篇〉裡也曾出現過好幾篇，但由女兒來詮釋母親的故事則是首次。一個年輕貌美、知書達禮，出身大戶人家的女孩，在與大她十歲的男子結婚、生下女兒二個月後丈夫又重返僑居地，而一去竟是半世紀。小時候女兒最深刻的記憶，就是夜裡在母親的啜泣聲中睡去。往後的歲月，母親的淚眼替代了歡顏。於是她經常想著：「人生的意義是甚麼？母親守貞一輩子的價值又何在？」她的母親的確是一個不折不扣的活寡婦。而今老阿嬤年逾八旬，受屈的青春心靈此生已難平復，昔日暗夜的啜泣聲，或許只有老天爺聽到……。當我們讀完這個篇章，敢於如此地說，倘若陳榮昌先生沒有投入深厚的感情、沒有一枝輕靈華麗的文筆，即便它是一個真實的故事，也難以把它描寫得那麼生動感人。

〈八二三跟人跑的董彩娥〉、〈就是這個洞——蔡金魚〉與〈里長伯夫妻情定八二三〉等三篇，作者欲表達的，是國共對峙時島民的悲歌和無奈。雖然無情的砲火摧殘了我們的家園，但亦有少數因戰亂而成就的良緣，這些情事對老一輩的鄉親而言，可說耳熟能詳，當他們看到這些篇章，想必會勾起無限的回憶。即便有些島民仍活在戰爭的恐懼與陰影中，但無情的戰爭已遠離這塊土地，隨著大、小三通的啟航，兩岸已同響和平的鐘聲。或許，爾時的深仇大恨勢必會隨著時序的更迭逐漸地從人們的記憶中消失。但願這種人類最殘酷的悲劇，永遠不要發生在這座蕞爾小島上，讓曾經被砲火蹂躪過的島民，能過一個清平、快樂的美好時光。

〈胡璉長媳楊心儀愛在金門〉是較特殊的一篇。因為，楊心儀女士並非「金女人」，作者把這篇文章收錄於此書，初看時似乎有些不搭調。然而，如果以另一個層面來說，身為金門「恩主公」胡璉將軍長媳的楊女士，與金門這塊土地顯然地有血濃於水的深厚感情。除了延伸自胡璉將軍與金門的淵源外，我們亦可從胡之光教授退休後，夫婦倆選擇在金門這座島嶼定居看出一些端倪。更可意會到他們夫婦延續胡璉將軍對金門之愛的另一種展現。因此，作者把她歸類於「金門金女人」或許並無不妥之處。

倘使以年齡來區分，第三輯的〈青女人篇〉，有部分是可以把她們歸類在〈中女人篇〉裡，因為在十七位青女人中，六十歲以上者就有好幾位。或許，作者在做如此區分時，想必有其正當的理由，我們沒有必要做無謂的要求。首先，陳榮昌先生以〈金門縣信用合作社初創與成長見證者鄭碧珍〉來介紹把青春歲月奉獻給金信的鄭碧珍女士似乎並不為過。一位服務同一單位達三十七年九個月，從最基層的助理員幹起，並歷經不同職務而後擔任十餘年總經理職務的金信老員工，的確是該社成長的見證者。從陳榮昌先生的專訪報導中，鄭女士除了嫻熟金融法令外，並以理論與實務相結合，其總經理任內於國內三百零六家基層金融機構中，綜合百分排序為十七名，把金門信用合作社的業績，提昇到一個前所未有的境界。即使她把這份榮耀歸功於全體同仁，但凡走過的必留下痕跡，金融史上勢必會記上這一筆的。然而，在現實環境的使然下，又有多少員工會懷念這位尚未屆齡、卻提前退休，並曾經與他們共同打拼的老伙伴？

〈金門播音站女播音員許冰瑩〉與〈大膽島的女播音員〉是兩篇題材較接近的作品。作者透過當年擔任播音員的許冰瑩與李藍兩位小姐，為讀者敘述爾時播音站鮮少人知的內幕情景。金門前線的四個播音站，其最主要任務，平時是為緩和兩岸緊張情勢，戰時則結合防衛作戰，發揮戰場心戰喊話之功效，是正面打擊敵軍士氣，號召共軍陣前起義，最直接、最具體、也最具成效的一種戰地心戰戰術。在兩岸軍事對峙的年代，就金馬外島地區之戰略而言，不可輕忽心戰喊話之普世價值與其具有的影響力。然而，當兩岸軍事逐漸和緩人民開始互動時，心戰喊話已無實質之意義。民國九十年十一月，大金門的馬山與古寧頭，小金門的湖井頭與大膽等四個播音站同時走入歷史。島民再也聽不到播音員：「親愛的大陸同胞們」或「親愛的共軍弟兄們」那種清脆悅耳的聲音……。當我們看完這一篇章，總的印象是，陳榮昌先生透過專訪後，無論是播音站人員編制和設備，或是播音員日常生活起居和作息，以及大膽島上的傳奇故事等等，都做了極其詳實的記載，絲毫沒有誇大其詞，讓讀者感受到那份真、那份實，並同時撩起他們塵封已久的記憶。這些足以讓人產生共鳴與回顧的篇章，似乎也是《金門金女人》書中共同的優點，讓讀者們閱後有身歷其境之感。

〈藝術家美「眉」許玉音〉、〈生命的流浪舞者陳則錞〉、〈參展金門碉堡藝術節的女詩人歐陽柏燕〉，她們都是當今活躍於浯鄉的藝術家、攝影家和詩人。許玉音小姐除了是畫家外，也同時擁有一手紋眉的好工夫，她曾以「無形之心，呈露於有形之面」與「睛如秋水，不富也貴」為「眉」和「眼」下注腳。而喜歡從水中倒影看世界的陳則錞小姐，則是「看水中倒影以為是假的，但其實也是真的」來詮釋她的思想世界。寫詩、寫散文、寫小說又兼具畫家與裝置藝術家的歐陽柏燕小姐，的確是多才多藝。她為了心中的愛與和平，除了以詩彩妝碉堡外，並以「戰爭是無情的，人民是無辜的，和平是無價的；不是金門人，不曾在金門打過仗，是無法真正認識金門」來表明她對這塊土地的愛和認同。詩人的一席話，道出多少鄉親的心聲；陳榮昌先生詳實的報導，蠕動了多少島民的淚珠。試想，如果作者對藝術與詩歌沒有一點概念的話，焉能作如此深入的描述和報導？這與他本身的學養以及平日汲取的知識是有很大關聯的。因為，倘若沒有付出辛勞的代價，豈能輕易擷取甜蜜的果實？

〈珍香餅店的母女檔〉、〈堅持古早味的小籠包老板洪進治、王明麗〉、〈賣蚵嗲的楊秀珍〉（「蚵嗲」應為「蠔炱」）、〈祖傳滿煎糕李素貞〉（「滿煎糕」應為「滿煎炱」）等四篇作品均與金門傳統糕餅與美食點心有關。然而從上列各篇來看，作者想書寫的不僅僅只是傳統小吃和小點心的做法和經營。即便這些傳統美食能滿足鄉親的脾胃、豐富島民的記憶，然而，陳榮昌先生欲表達的最終目的，是展現金門婦女刻苦耐勞、分工合作、源自傳統、傲視現代的韌性和精神。無論「珍香餅店」母女檔呈露的是祖傳餅鋪的紮實工夫，或是想重溫母女聯手做糕餅的兒時記憶；「進麗小籠包店」堅持不用機器、不用發粉，用手和麵，保持古早家鄉味；楊秀珍賣的「蠔炱」已是祖傳三代，且皮薄餡多、口味道地；李素貞的「滿煎炱」源自曾祖父，迄今已有七、八十年歷史，外皮軟Q（「Q」依《閩南語辭典》解釋應為「食丘」，亦即「食」與「丘」合成一字。惟電腦大易輸入法並無此字根，如欲正確寫法，必須造字），內餡香甜，其滋味讓人難忘……等林林總總都有極其細微的描述，讓讀者們閱後能領會到其作品的精粹和美妙。

讀完《金門金女人》，即使筆者不能針對書中每一篇作品詳加分析和探討，但綜觀上述，陳榮昌先生記錄的，除了是浯鄉誠樸敦厚的女性臉譜外，也是地區第一本以女性為書寫對象的書籍。作者以其華美流暢的文筆，把老、中、青三代的「金女人」，無論是她們悲傷多舛的命運，或光彩優雅的一面，都有深微細膩的描述，讓人閱後有暢達詳盡、情態逼真之感。從陳榮昌先生近期的作品中，我們亦可清楚地看到，他已尋找到屬於自己心靈情志的創作方向，繼而樹立一個獨特的書寫風格，《金門金女人》乙書就是一個活生生的例子，讀者們不僅能從其中看到真人真事的情感美，亦可看到他別具一格的語言美。而更讓我們感到訝異的是，作者大學讀的是「淡江」機械系，研究所是「政大」東亞所，「廈門大學」博士班主修的則是廣告傳播，認真說來與文學並沒有太大的淵源。可是，陳榮昌先生除了出版上述各書外，並曾榮獲「浯島文學獎」（散文類）與「時報文學獎」（鄉鎮書寫類）的肯定。他能有此亮麗的成績，除了平日對文學的執著與熱愛外，或許與其多年來在新聞媒體領域裡，練就一身不凡的書寫功夫有關吧！真是應和了「只要工夫深，鐵杵磨成繡花針」的俗諺。放眼浯鄉中生代作家，又有多少人的文采能與其相媲美？我們期待「金門金女人」過後的「金門金男人」，好為我們後代子孫，留下更多值得傳誦的篇章。

誠然，《金門金女人》並非是一本經典之作，亦非陳榮昌先生最滿意的作品，但是，我們看到的是一位作家的用心和毅力，我們領會到的是他筆下堅忍不變、善良優雅的女性情操，以及長年對人文的關懷、社會的關照。不可否認地，金門女人歷經夫婿落番、戰亂流離、砲火煙硝、戒嚴軍管、戰地政務……等種種磨難，承受著心靈與肉體的雙重苦痛，而她們並沒有屈服於命運，亦未曾向惡劣的環境低頭。回顧在那個兵馬倥傯、烽火連天的苦難歲月，她們依然得冒著砲火的危險，或上山耕作、下海撿螺，或洗衣燒飯、餵養家畜，無怨無悔地扛起一家大小的生計，把女人一生最寶貴的青春歲月，義無反顧地奉獻給家庭和子女，其偉大與賢淑的母性特質，不管與任何地方女人相比，絕對有過之而無不及，可說是堅韌母島最好的寫照。尤其身處以男人為主的傳統社會，我們很難得可以仔細端詳她們誠樸素淨的容顏，很少有機會可以傾聽她們源自心靈深處的聲音。在爾時金門綿延的歷史記載中，她們的面貌彷彿隔著一層薄紗、模糊不清，她們的言論鮮少受到重視、近乎無聲，金門的確欠這些為家庭犧牲奉獻的女性一個公道或一聲抱歉。

作家陳榮昌先生憑恃其不屈不撓的精神與不可搖奪的定力和文學素養，利用之前在《金門日報》擔任採訪主任的機會，去挖掘這些被忽略的小人物，去探訪不同領域的女性鄉親或已退職的婦女朋友，而後全神貫注聆聽她們一句句誠摯的心聲，側耳細聽一個個感人的故事，復以嚴謹暢達的文筆逐字逐句地書寫成章，為這座昔受朱子教化，夙有海濱鄒魯之稱的島嶼留下彌足珍貴的篇章，確實值得肯定和敬佩，我們應該給予熱烈的掌聲。相信《金門金女人》這本書的出版，除了能讓海內外鄉親與華文界讀者們對金門女性多一番瞭解外，亦有它不凡的深長意義和廣為流傳的普世價值。我們謹以一顆虔誠之心，為浯島誠樸素淨的「金女人」致敬，也同時為這片孕育我們成長的土地祈福！

（原載二〇一〇年四月二十九至三十日《金門日報・浯江副刊》）

源自心靈深處的樂章

——試論翁維璐《一曲鄉音情未了》

（翁維璐著，金門縣文化局贊助出版，2010）

《一曲鄉音情未了》是翁維璐（一梅）老師的第一本散文集，也是她從事音樂教學之餘的「副產品」。然而，讓我們深感訝異的是，長年與「樂理」和「琴譜」為伍的一梅老師，近幾年來竟利用授課的餘暇，把週遭的人、事、物，透過縝密的思維和敏銳的觀察，復以優雅流暢的文筆逐字逐句地書寫成章，並先後在《金門日報・浯江副刊》與《金門文藝》等刊物發表，的確令人欽佩。綜觀書中四十餘篇作品，儘管沒有華麗的詞藻和耀眼的色彩，但無論是記敘、抒情或詠物，可說句句都是作者誠摯的心聲，篇篇都是她耳聞目睹或親身經歷的真人實事。當我們讀完這些篇章，就猶如一梅老師獨奏時的餘音繞梁，不僅讓人回味無窮，甚至還有一種濃郁酣暢的情感美。只因為它不是一堆抽象、空幻、不實際的文字，而是源自她心靈深處自然的樂章。

音樂科班出身的一梅老師，儘管早已培養出閱讀文學書刊的興趣，但真正從事文學創作則是最近幾年的事。而想不到在短短的幾年間，交出的竟是一張亮麗的成績單，無論其文筆或欲表達的意象，不亞於一位在文學園地耕耘多年的資深作家。即使音樂與文學是兩個不同的區塊，亦有各自玩味的旨趣，然而眾所皆知，音樂與人生有密不可分的關聯，文學與藝術亦然。當一梅老師領悟到人生存在的意義與文學創作的真諦時，其文思就彷若料羅灣漲潮時澎湃洶湧的海水，不停地在她腦海裡激盪，而她卻能適時把握住當下的每一個機會，妥善地運用每一個可以書寫的題材，然後以其靈巧的文筆加以發揮，始有這本融合著音樂與文學、親情與友情、詠物與寫景的散文集誕生。

基於上述，我們不難從這本書的字裡行間，看出作者對音樂的執著、對文學的熱愛，卻也同時看到一位教學多年的音樂老師，當她想「筆桿」與「音樂」兼顧時，必須付出異於常人的辛苦代價，始能擷取甜蜜的文學果實。或許，從其創作過程中，一梅老師已領略到文學創作的酸甜苦辣，體會到書寫時艱辛苦楚的箇中滋味。當走筆至此，似乎也讓我們深深地體會到，無論是幽美的歌聲、悅耳的琴韻，或是叫好又叫座的演唱會，即便它劃下的是一個完美的休止符，畢竟要隨著觀眾的掌聲而落幕。相對地，一本看來不起眼的文學著作，當百年後歷經時代的真光照耀，想必會在這座夙有海濱鄒魯之稱的島嶼，留下一個永恆的記錄，讓我們的後代子孫來閱讀、來傳誦。縱使這個因素並非構成一梅老師從事文學創作的最大理由，她與音樂亦有情實難已的親密關係，尤其在科技發達的現下，所有的樂歌都可錄音製成光碟加以保存，然而，又有誰敢於否定她那顆熾熱的文學心，難以忘懷的文學情！

收錄於書中的四十餘篇作品，作者把它區分為：〈藝文篇〉、〈親情篇〉、〈景物篇〉與〈休閒篇〉等四輯。在第一輯〈藝文篇〉的十二篇作品裡，大部分均與「音樂」及「合唱團」有密切的關聯，有些篇章更是作者身歷其境的切身感受。身為合唱團的一員，作者除了告訴我們成立的原由外，也同時把遠赴海內外各地交流比賽、巡迴演唱、宣慰僑胞的情景和心得，透過她華麗的文筆，不厭其煩地為讀者們作最詳細的介紹，可說是「金門縣合唱團」最好的代言人。尤其在〈擁抱鄉親心 歌詠故鄉情〉這個篇章裡，作者描述的是合唱團以《英雄組曲》音樂劇，代表金門赴台巡迴演出的種種事宜。無論是〈序曲〉裡的金門先生，〈英雄〉裡投筆從戎、捍衛家園的青年，〈酒香高粱情〉凸顯金門的社會福利，〈回家〉敘述旅外華僑衣錦榮歸的故事，〈情長意更長〉寫的是金門少女的純情與代表吉祥的麵線，〈打醒〉是告訴我們戰爭已遠颺、仇恨已消弭……等等，幾乎把這座島嶼的歷史文化詮釋得淋漓盡致，也同時將劇中「金門先生」的精神，透過這齣音樂劇的演出，發揮到一個前所未有的境界，讓所有的觀眾朋友，對金門留下一個深刻的印象。倘若沒有作者細心的觀察和體會，復以不巧的文學之筆書寫成章，我們深知，再精彩的演出、再美妙的歌聲，也會隨著觀眾的掌聲化成一縷繚繞的雲煙，事隔多年後的現在，又有幾多人還能記得當年演出時的情景？

或許，讀者們都知道，金門合唱團是一個業餘的社團，其團員來自士農工商，年齡層涵蓋著老、中、青三代，部分團員甚至看不懂五線譜，但他們懷抱的是在快樂中學習，讓音樂能成為生活的一部分。於是在李永舜指揮不厭其煩地指導與諸團員認真學習下，終於能步上舞台一展他們苦練多時的歌喉，除了以歌會友與各地合唱團相互觀摩切磋外，還得過二〇〇六年「廈門第四屆世界合唱大賽」銀牌獎、二〇〇八年「福州首屆合唱節——放歌海西」銅茉莉獎。這些得來不易的成果，各界莫不給予肯定和鼓勵的掌聲，然而，或許是樹大招風，竟引起某位人士惡意的批評，對於那位不瞭解在地文化與歷史背景而胡亂批評的「社會人士」，作者以其對合唱團的瞭解隨即挺身而出，並撰文在《金門日報・言論廣場》加以駁斥，讓那位不明就裡的批評者啞口無言，充分展現出文人不畏權勢、不向惡勢力低頭的特性。假若沒有厚實的文學根柢，沒有深微的文學書寫功力，作者焉能以那麼犀利的言辭以予反駁？

繼而地，我們必須進入〈一曲鄉音情未了〉這篇作品的意境裡。作者描述的是她小學五年級的一位同班同學，因誤敲未爆彈雙眼被炸傷，雖然後送到台灣醫治，但因手術失敗導致雙眼失明，但他並沒有向惡劣的環境低頭，堅強而勇敢地向命運挑戰，並從逆境中不斷地力爭上游，後與音樂和李炳輝先生結緣，兩人相互扶持、四處走唱，復以一曲〈流浪到淡水〉走紅歌壇，他就是藝名叫「金門王」的王英坦先生。提起金門王，藝壇可說是無人不知、沒人不曉，他的一生除了充滿著傳奇外，〈流浪到淡水〉更是風靡大街小巷。即便他已是家喻戶曉的藝人，然而他念念不忘還是這塊生長的土地。雖然雙眼已盲、行動不便，但他心繫故鄉的情懷則始終沒有改變，曾經多次回到這座島嶼探親訪友。儘管之前的路途滿佈著藤蔓和荊棘，但往後的人生歲月則是璀璨奪目的藝人光環，即使他的一生已劃下休止符，而留給我們的卻是無限的懷念。整體而言，作者所亦表達的，並非想為這位傳奇人物立傳，而是誠摯地告訴讀者們說：人可以遭受挫折，但不能喪失信心和希望；當機會來臨時，必須靠自己去努力、去奮鬥，始能水到渠成。該文雖以平實的文字來呈現，然其內容則為耳熟能詳的真人實事，故而讀來生動感人，是一篇富有人情味與啟發性的作品。由此，我們可以看出作者書寫此文的用心，以這個感性的題目為書名，亦有不凡的深長意義。

第二輯的〈親情篇〉共有十三篇作品。作者首先以〈永懷先父〉與〈思親情懷淚滿襟〉來緬懷她已逝的雙親。從文中我們不僅看到「樹欲靜而風不止，子欲養而親不待」的思親情懷，也看到爾時農家耕作與收成的情景。作者的父母和老一輩的鄉親沒兩樣，即便每個家庭都有不盡相同的環境與際遇，然而，他們秉持著勤儉持家的古訓與克苦耐勞的精神，夫妻同心協力把孩子拉拔長大。儘管彼時物質缺乏、生活清苦，讓孩子們平平安安長大成人卻是為人父母者共同的冀望。作者在這兩篇作品中，以清麗優雅的文筆，回憶其先父母生前的種種事宜，儘管父母親是我們最親近的親人，然要把他們書寫得生動感人則不易。想必作者在書寫此二文時，憑藉的是對父母親難以忘懷的深情，復以強烈的直覺，勾勒出雙親慈祥的容顏，而後加以描述，始能寫出令人感動的作品。尤其其尊大人翁金砥老先生，墾荒種植果樹有成的事跡，更躍登於一九六七年六月十七日《金門日報》「社會新聞版」。斗大的標題清晰地寫著：「翡翠田園農家樂，豆棚瓜架話桑麻，老農翁金砥種果致富，看桃紅柳綠粒粒辛苦」，翁老先生不畏辛勞、排除萬難、化腐朽為神奇的典範，確實是我們學習的榜樣。

〈感恩無限手足情深〉與〈我家三哥〉從標題我們不難看出作者欲表達的旨趣是什麼。作者透過其生花妙筆，把三位哥哥和兩位姊姊的容貌書寫得極為靈活傳神，倘若與上述兩篇融合在一起，儼然是一部家族史。例如：憤世嫉俗、仗義執言的大哥，不苟言笑、讓人敬畏的二哥，熱心公益、樂善好施的三哥；多才多藝、樂於助人的大姊，燃燒自己、照亮別人的二姊，作者以其暢達靈活的筆觸，描寫出無可取代的手足深情。尤其在描述她二哥往生時的情景更是感人，作者如此地寫著：

在幫二哥穿壽衣時，我們克制住悲痛的眼淚，不忍讓它滴落在二哥的壽衣上，並把「中陰文武百尊陀羅尼」放進二哥的口袋裡，讓二哥在中陰時，無有恐懼，不墮惡道……

當我們看完這一段，想不感動也難啊！這些看似簡單的文字，倘使沒有相應的情感滲入，書寫出來的亦只是一堆文字與文字的堆疊，焉能讓人心生感動，豈能讓我們沉浸在其作品的意境裡。

〈親情篇〉的十三篇作品中，並非只有親情，師生的情緣也收錄在這一輯裡。儘管作者從事音樂教學多年，門生少說亦有數千人，但對於當年啟蒙她的老師，則始終懷抱著一顆感恩的心，始有〈一輩子的老師〉這篇作品的書寫。作者首先以孔老夫子「三人行必有吾師焉」與古人「一日為師，終生為父」的至理名言為這篇作品下注腳，並同時以「老師是我們人生旅途不可或缺的良師益友，猶如指引海上船隻的燈塔，更是黑暗中永遠點燃的一盞明燈！」來詮釋這篇作品的意涵。文中被提到的老師和友朋，無論教授的是什麼課程或純粹給予精神上的鼓勵，都是影響作者人格教育、知識汲取與藝文發展的重要人物。該文發表於二〇〇九年九月廿八日《金門日報・浯江副刊》，即使作者已從教職退休，然在「教師節」當天，能以這篇充滿著感恩與謝忱的作品，對恩師與良朋表達由衷的敬意和謝意，的確別具意義。身為作者的老師或朋友，當他們看到這篇作品時，內心勢必會有所感觸的。相信作者眾多門生，也會以同理心來感謝一梅老師對他們的諄諄教誨。

第三輯的〈景物篇〉與第四輯的〈休閒篇〉，其書寫方式與上述兩輯是全然不同的。它已從藝文與親情篇中，進入到戶外的自然境界。太湖怡人的湖光山色，五虎山的人間仙境，有後花園之稱的森林公園，古寧頭戰史館的金門之熊，李光前將軍的英勇事蹟，雙鯉湖畔的濕地中心，中山林的自然生態，烽火家園的辛酸，鐵馬奔騰的樂趣……等等，經過作者細心的觀察和體會，復透過縝密的思維書寫成章。這些清麗幽美的篇章，絕對是情景交融的產品，而非只是一種假象或一堆不實際的虛構文字。我們可以清楚地看到，作者在寫景時，注入了一種寧靜恬淡的情感來活化文中清逸的情境，讓作品更具深度、廣度、知識性和可讀性，並非只是借遊寫感或借景抒情。

〈休閒篇〉八篇作品裡，值得一提的是〈單騎闖天關〉與〈鐵人無敵快樂多〉。作者在〈單騎闖天關〉書寫的雖然是自己的先生——許瀚文醫師，然而她則以小說中「第三人稱的全知觀點」來描述先生好學不倦、奮發向上的精神和毅力。除了肯定許瀚文醫師在專業領域的成就外，許多生活細節也都不厭其煩地加以詮說。儘管作者是以自己的先生為敘述對象，而文中卻看不到一些刻意加諸的親密言詞，完完全全跳脫現實人生的框架，以客觀的角度來詮釋這篇作品，始能勾勒出先生鮮為人知的真實面貌。在〈鐵人無敵快樂多〉這個篇章裡，作者寫的即使是「鐵人三項」（游泳一點五公里、騎單車四十公里、跑步十公里）運動的一些感想，然其真正目的，或許是藉此肯定許瀚文醫師堅忍不拔的運動精神。當作者回顧某次「鐵人三項」競賽時，在諸多選手中，她「超佩服的就是金城衛生所許主任」，因為臨比賽前一天，他吃了「外港」的螃蟹而腹瀉，但還是憑其堅決的意志，帶著虛脫的身子勇闖三關，並得到五十至五十四歲組的第六名。當我們看完這一段，也見識到作者思維的細密和不一樣的表達方式。她「超佩服」的「金城衛生所許主任」不就是她的先生許瀚文醫師麼？假若貿然而直接地寫下「超佩服」的是自己的「先生」，似乎會予人一種不好的觀感。因此我們認為：許主任的運動精神固然令人佩服，一梅老師書寫此文的用心，何嘗不教人激賞！因為她引用《文藝心理學》上的「移情作用」，沒讓作品淪落成俗氣。

讀完一梅老師的《一曲鄉音情未了》，我們確實很難想像到，一位音樂老師在繁忙的教學中，竟能對文學創作產生那麼濃厚的興趣，甚至在短短的幾年間，就交出一張令人讚嘆的成績單。誠然，散文是一種異於小說、詩歌和戲劇的文體，即使它有記敘、抒情、議論、詠物與遊記等多種敘述法，大凡書信、日記、小品、雜文、序、跋……等等，亦歸納在散文這個文類裡。平心而論，一封書信或一則日記，只要讀過幾年書，幾乎人人都會寫。但是，如果要把內心真實的感受形諸於文字，而後書寫成一篇生動感人的作品，卻也不是一件簡單容易的事。因為，一篇稱得上水準的好作品，它除了要切近現實生活，亦必須有美學的屬性和真實感，方不致於流於空洞。魏怡先生在《散文鑑賞入門》乙書裡，曾引用當代散文名家柯藍先生的一段話，為散文藝術下注腳。他說：

散文是作家心靈最真誠、最赤裸、最直接的表白，不能有任何虛構。散文如果虛構，它就成了小說。

柯藍先生的一席話，足可作為有志於散文創作者的借鑑。倘若一味地在散文中注入假象和矯情，勢必會破壞整篇作品的美感和可讀性。從一梅老師收錄於書中的四十餘篇作品而言，我們似乎找不出一點虛構的元素，有的盡是她真實生活的寫照、對人生的體悟，以及源自心靈深處誠摯的心聲。即使讀者諸君對文學有不一樣的解讀，方家亦有不同的詮釋，但如此之文本，我們似乎沒有必要再作無謂的苛求。

總的說來，《一曲鄉音情未了》不僅讓我們看到一篇篇幽美典雅的散文，也同時看到一位作家以誠摯之心記錄週遭一切的情境。作者以其豐富的生活閱歷，以及對人生百態與社會現象的體悟，復加深厚的音樂與文學素養，無論抒情或詠物，均能以其流暢的文筆把欲表達的意象忠實地呈現在作品裡，讓作品達到自然淳美、清婉明麗、素樸無華的意境，而非以艱澀難懂的字眼和術語來矇騙讀者。倘使以嚴肅的文學觀點而言，上述也是構成這本散文集成功的主要因素，這是我們必須給予肯定的地方。設若以作者對文學的熱中和勤奮，這本書或許只是她邁向文學高峰的一個起點，往後的時光歲月，勢必會有更生動感人的作品呈現在讀者面前，我們衷心地期待一梅老師另一部作品的誕生。

儘管一梅老師三十餘年的音樂教學中，已領會到琴韻的悠揚與為師的樂趣。可是，誰敢於否定文學創作不是她人生歲月的另一種體驗和轉捩點？即便她真正從事散文創作的時間僅只短短的三、五年，然她所奠定的文學根柢與現下既有的成果則不容小覷，讀者們可從《一曲鄉音情未了》書中諸多篇章得到印證。故而，我們認為，音樂與文學是可以相繼並進的，當作者從教職榮退的此時，音樂固然乃是她難以割捨的最愛，然則，文學創作何嘗不是她與土地和鄉親的對話。因此，浯鄉悠久的歷史文化，海上仙州的湖光山色，英雄島上的美麗與滄桑，正等待著一梅老師以她多采的文學之筆來歌頌、來禮讚，復以不朽的篇章，來回饋這片孕育她成長的土地！

（原載二〇一〇年五月三十至三十一日《金門日報・浯江副刊》）

尋找生命原鄉的記憶

——試論寒玉《浯島組曲》

（寒玉著，金門縣文化局贊助出版，2010）

《浯島組曲》收錄的是寒玉小姐近年來書寫的十一篇散文作品。若依她在《金門日報・浯江副刊》發表的時間而言，這本約十萬餘言的散文集，從二〇〇九年四月的〈逛醫院〉到二〇一〇年二月的〈指間輕彈交響曲〉，前後只花了短短的十一個月便宣告完成。寒玉小姐書寫的速度與創作精神，的確讓人讚嘆！然而，倘若對週遭環境與人生百態沒有細微的觀察、沒有深入去體會，又焉能寫出那麼多生動感人的篇章。不可否認地，抒情散文重在寫景狀物、抒發情感，亦同時在探尋作者蘊含在其中的意趣和情趣。一篇具有深度和廣度的散文，除了必須達到自然淳美、清婉明麗的要求外，作者欲表達的意象更要清楚明朗，絲毫不能讓人有生硬晦澀之感。儘管寒玉小姐大部分作品都是以通俗的文字來呈現，她書寫的每一個篇章幾乎都與現實人生有密切的關聯，因而讓讀者有一口氣想把它讀完的衝動。基於此，卻也讓我們聯想到，一篇優美華麗的散文，是不必依賴太多的文學理論做基礎，也不必刻意地去賣弄一堆文字的假象來唬人。或許，自然淳美更能凸顯出一篇散文的特質和它既有的價值。

眾所皆知，散文是一種自然淳美的文體，其題材與範圍可說相當廣泛，大凡敘事、傳記、遊記、書信、序跋……等等，都涵蓋在散文的文類之中。然而，一篇優雅的散文，無論它欲表達的意象是什麼，無論其字數是長或短，倘若言之無物卻又不能給我們一種美的薰陶，勢必難以引起讀者的共鳴。相對地，一位優秀的散文家，不管以任何一種題旨來呈現，他書寫的技巧必須是純熟、生動、靈活的體現，方能寫出讓讀者印象深刻的好作品。當我們讀完寒玉小姐的新作《浯島組曲》時，除了有上述的體認外，也同時要佩服一位苦學有成的作家，長年對文學的執著和熱愛，以及在相夫教子之餘所展現出來的創作毅力和韌性。讀者們似乎可從她復出的五年中，以每年一書的進度向文學高峰處邁進而得到印證。

《浯島組曲》除了〈逛醫院〉、〈歲月悠悠〉、〈在心靈深處〉、〈在記憶深處〉等四篇為單一主題外，其餘七篇所涵蓋的則有一百零六個小單元，而每一個單元都有一個不同的主題。從這些篇章中我們可以清楚地看到，作者把一些親眼目睹的細微瑣事，化成一則則清新雅致的散文小品，其非凡的筆力並非短時間可練就，其敏銳的觀察力更是不可輕忽，也同時為自己樹立一個獨特的書寫風格，尋找到一個全新的創作方向。尤其是一位把青春歲月完完全全奉獻給家的家庭主婦，在家事與瑣事雙重忙碌下，竟能以自己的恆心和毅力，持續不斷地創作；竟能把握住當下每一個時光，以作品來彌補自身學歷的不足，充分展現出浯島女性不屈不撓的精神與不向命運低頭的韌性。

在〈逛醫院〉裡，作者開宗明義地說：

身為女人愛逛街，沒稀奇；逛醫院，就有問題。

……

逛醫院，如同家庭主婦走廚房。

從文中看來，這似乎是作者親身的經歷，不僅讀來輕鬆有趣，卻也讓我們見識到她思維的縝密。即使自己罹患了「椎間盤突出」必須做復健，但還是以「怕死反而容易死，想死又死得不容易」的心情，告訴自己「這次復健，無論收穫多少，對病情是否有幫助，絕不能空著腦袋回家，要適時地抓住題材，把握住靈感，不能對不起鍵盤。」由此我們也可以看到一個寫實作家的可愛處，她在乎的並非是自己的身體，而是想利用做復健的機會，去發覺創作的題材。當然，倘若以文學的觀點而言，她的想法是正確的，也是一個寫實作家必須去追尋的。作者非但從做復健聯想到生前「腰酸背痛」的母親，甚至還想焚香問問在天國的母親，「腰酸背痛的情形有否改善？如果沒有，找個時間回來看診，順便拜訪一下好心提醒的醫生。」如此想博君一笑的描述，讓沉悶的復健室多了一些輕鬆的氣息。繼而地作者透過縝密的觀察，把復健室的林林總總，描述得極其生動活潑又自然。做一次復健竟能寫就一篇萬言散文，作者的文學功力可見一斑。

〈歲月悠悠〉描寫的是一位退伍老兵落籍在島嶼，並與「島嶼伯」建立誠摯友誼的真實故事。他們如兄如弟般地相互扶持、相互照顧，當島嶼伯的另一半不幸先走一步時，「外省叔」更是出錢出力協助辦後事，並陪他走過喪偶的暗淡時光。作者撰寫此文時，可說是以人性的層面來詮釋這篇作品，文中凸顯的不僅僅只是誠摯的友情，它隱含的教育意義遠勝這篇作品的價值。試想，一對生長於不同地域，且沒有任何一點血緣關係的難兄難弟，當他們的華髮變成銀絲，當他們歷經無情歲月的煎熬而成為老弱殘兵時，往日深厚而馨香的情誼則依舊在。某日島嶼伯不慎跌倒成疾，外省叔除了親自為他料理三餐外，並幫他擦拭身軀，甚至提尿壺、倒尿水，處理糞便……等等，如此之情誼，已超越兄弟之情，他們內心所思、腦中所想，的確非局外人所能領會，亦非三言兩語可道盡，作者能把這段異於常態的故事書寫成文，想必是費了一番功夫。然而，當我們看完整篇作品，試以文學的目光來審視，它絕對是一篇上乘的小說題材，但作者並沒有加以發揮，依然以散文的方式來書寫，殊為可惜。

〈在心靈深處〉與〈在記憶深處〉是兩篇性質較接近的作品，作者回顧的是童年時光與兒時歲月。從清湯掛麵的學生頭到「弟穿兄、妹穿姊」不合身的學生服；從塑膠水壺裡的酸梅湯到必須用鐵鎚敲的「雞蛋糖」；從衣太大塞進褲頭到鞋太大塞抹布；從大哥背小弟到大姊背小妹……等等，作者都做了真實有趣的回顧。然而，當這些童年往事從指隙間溜走，作者最羨慕的還是「嫁給阿兵哥不怕肚子餓，三餐饅頭和米飯，罐頭乾糧滿房間」，雖然嫁給阿兵哥只是她童時的夢想，而這個美夢是否能成真，她自己似乎也沒把握。終究，皇天不負苦心人，長大成為美女後，即使追求她的年輕小伙子一籮筐，其中不乏有高學歷的帥哥與多金的少爺，甚至有歲數比她大一倍的將校軍官，但她選擇的卻是陸軍軍醫上尉蔡承坤先生，成為道道地地、不折不扣的「兵仔某」。雖然上尉的官階不高，但畢竟郎才女貌、年紀相當，總比嫁給可以當她老爸的將校軍官好。況且，時年蔡上尉服務於金門軍醫單位，吃藥打針既方便又不要錢。至於是否「三餐饅頭和米飯，罐頭乾糧滿房間」旁人則不得而知，或許，只有作者最清楚。

在後續的七篇中，每篇都涵蓋著十個以上的小單元，〈指間輕彈交響曲〉竟多達二十五個。其書寫的範圍與題材，從週遭細微小事到人生百態，幾乎無所不包，作者敏銳的觀察與縝密的思維的確令人讚嘆，寫實作家的頭銜更非浪得虛名。然而，即便作者書寫的層面相當廣泛，但在她細心的區分和巧妙的安排下，並沒有予人一種零亂的感覺，反而更顯得精美醒目、便於閱讀。倘使與上述四篇相較，以筆者粗淺的看法，後者才是寒玉小姐應走的方向，也是她拓展思域的最好方法，繼而樹立一個屬於自己的書寫風格。例如：題目簡單清爽的〈掃描〉，作者寫的是「魚刺」、「挖花蛤」、「廣東粥」、「快樂學習」、「真相」、「裙底風光」、「包容」、「偷情」、「心態」與「轉身」等十則日常瑣事。而我們並不能低估這些毫不起眼的小題目，其內容非僅有人生中的喜怒哀樂，亦有人性不欲人知的醜陋面，可說包羅萬象。從「魚刺」哽喉嚨、彎腰「挖花蛤」、「廣東粥」另類煮法、孩子「快樂學習」、誤觸法網求「真相」、笑貧不笑娼的「裙底風光」、感染病毒的「包容」、車震連連爆胎差點的「偷情」、假仁義靠邊站的「心態」、拋夫棄子的「轉身」等，儘管作者每篇均以數百字不等的字數來表達，但依然能抓住重點，把它發揮得淋漓盡致；〈門外與窗外〉、〈俯拾集〉、〈浯島組曲〉、〈島鄉巡禮〉、〈城鄉飛絮〉與〈指間輕彈交響曲〉等篇章，何嘗不是也如此。

誠然，筆者並不能針對書中七篇一百零六則精巧的散文一一加以剖析和論評，讀者們亦必須詳閱其內容方能更深一層地去瞭解作者創作的意圖以及欲表達的意象。可是當我們看到〈門外與窗外〉的「靈籤」；〈俯拾集〉的「傳教」和「教養」；〈浯島組曲〉的「關懷」；〈島鄉巡禮〉的「虔心」、「外圓內方」和「尊寵」；〈城鄉飛絮〉的「貓之情感」與「快樂的一天」；〈指間輕彈交響曲〉的

「養育之恩報今朝」，我們似乎不難領會到作者試圖以作品來啟發人性的苦心。除此之外，作者對教育、環保、兩性、老人照護、社會變遷、生態環境……等議題可說都有很深的涉獵，並非只是一堆堆空洞洞的囈語。總而言之，一位受歡迎的現時代作家，其心中必須有根、必須與他所生長的土地綿密地結合和互動，始能衍生出深厚的感情，始能寫出生動感人的作品。因此，我們看到的不只是這座島嶼的細微瑣事，而是作者對這片土地的愛和認同。

綜觀上述，《浯島組曲》全書不僅有知識性亦有可讀性，其遣詞用字除了樸素自然外，更有一種細膩酣暢的情感美。由此也讓我們體會到，一篇深具水準的作品，無論是小說、散文或詩歌，都必須具備某種歷久不衰、百讀不厭的特質。倘若內容空泛而不切實，卻又只是一堆文字與文字的堆疊，勢必難以喚起讀者的共鳴。即便《浯島組曲》仍有待商榷的地方，然而作者已歷經四十餘年的生活磨練，同時亦有二十餘年的寫作經驗，除了看盡人生百態，也切身體會到人間的冷暖與世態的炎涼，其豐富的人生閱歷，正是她創作的原動力。儘管作者筆下有人性醜陋的一面，相對地亦有它光彩的地方，美與醜也是構成這個社會的自然元素，只有美麗而沒有醜陋的地方不會有人類存在，反之亦然。即使美的事物值得我們去歌頌和禮讚，而醜陋的一面則必須加以鞭撻，因為我們深知不能姑息養奸這個簡單的道理。對於那些口無遮攔、出口成「髒」，自認為天不怕地不怕的不肖之徒，亦必須透過筆尖予以譴責，讓這個不完美的社會能更祥和，讓人與人之間能和睦相處，這似乎也是一位作家應盡的社會責任。寒玉小姐在相夫教子之餘能交出如此亮麗的成績單，不僅讓我們刮目相看，也是後輩學習的榜樣。故此，我們必須給予肯定和鼓勵的掌聲。

（原載二〇一〇年七月十六日《金門日報・浯江副刊》）

對歲月的緬懷　對故土的敬重

——試讀李錫隆《新聞編採歲月》

（李錫隆著，李錫隆出版，2010）

《新聞編採歲月》是李錫隆先生繼《金門島地采風》、《金門島地漫步》、《文化躬耕屐痕》與《編輯檯的管窺》後的第五本著作。即便書中大部分文章均為早期的作品，然而，文學的既有價值與創作的先後順序是沒有絕對關聯的，尤其是一本禁得起歲月考驗的作品，更不會受到時間的限制或被歲月的洪流所湮沒，就彷若是一罈越陳越香的高粱美酒，讓人品後回味無窮。作者之於出版這本舊作，或許是基於對過往歲月的緬懷，以及對這片土地的敬重，因此，我們必須給予肯定。

全書共分四輯，而綜觀一至三輯，雖然都是李錫隆先生早年從事新聞工作的專題報導，但無論是〈行家風範〉、〈故園情真〉或〈鄉土奇聞〉，其書寫的方式和風格，似乎都延續自《金門島地采風》與《金門島地漫步》二書。在五十三篇作品裡，即使敘述的仍舊是這座島嶼的歷史文化與風土民情，但每一個篇章都是島鄉的真實故事，每一個字句都隱含著愛鄉愛土的真摯情懷。看似通俗的故事，卻能在他筆下熠熠生輝；看似不起眼的卑微小人物，卻能把他們描寫得那麼生動感人。如果沒有高深的文學造詣與厚實的筆力，是難以把它詮釋得那麼完美的。更何況有時效性的「新聞報導」與沒有時間性的「報導文學」是有明顯差異的，它或許也是成就這些作品在多年後，重新出版與讀者見面的最大理由。

第一輯的〈行家風範〉，李錫隆先生以簡潔的文筆，勾勒出三十二位各行各業具有代表性的人物，把居住在浯鄉各個角落且學有專精的鄉親，讓他們一一浮上檯面現身說法。從〈地用莫若馬〉——湖埔村楊文信、楊清爽的數馬經，到〈草地發明家〉——許金全的高粱脫粒機；從〈金木水火．四局斷吉凶〉——安美村「風水仙」許侯芳，到〈江湖一點訣〉——「師公」陳新來；從〈西天景．能教木頭傳神〉——金城「刻佛宗」黃榮宗，到〈上油脂．做金底．安金膜〉——金城李開盛雕刻神主牌；從〈伴嗩吶走江湖〉——「頭手吹」陳成生，到〈神聳顯絕藝〉——「製聳」藝師沈飛虎……等等，作者無不把握住機會，抓住他們的神韻和獨特的技藝精髓，為讀者們做最詳細的詮說。

尤其在〈摸索出的田園〉——湖下村瞽農蔡輝煙這個篇章，作者以其優雅生動的文學筆觸，把一位罹患青光眼，以致雙眼全盲的老農詮釋得淋漓盡致。這位村人眼中的「青瞑煙仔」，儘管雙眼已盲，但先人遺留下來的田地卻不能任其荒蕪，於是他意志堅決地不向現實環境和乖舛的命運低頭，始終認為天下沒有克服不了的難事，決定運用父母賜了他的智慧和手腳，以盲人之姿試著從事農耕工作。雖然不能牽牛犁田，卻以鋤頭一鋤一鋤來翻土，然後在翻過土的田裡做上記號，再依次插苗播種；甚至以腳步計算田地與水井的距離，以便挑水澆菜，久而久之更能分辨出田裡的作物和雜草……。最後作者並以：「雖然，煙仔確是命運不濟的盲了眼，但是，他有個不盲的心，和不懈的奮鬥自信，他能在農耕自得下，感到一種充實的豐盈和光輝。」為該文下註腳。

當我們讀完這則扣人心弦的故事，卻也讓我們深深地感受到，即使類似這種真情實事的故事處處有之，但倘若作者沒有用心去探索、去發掘，而後以優美靈活的文筆加以書寫，讀者焉能讀到如此生動感人的好文章？在讀完第一輯的同時，我們的確不得不佩服作者在標題方面所下的功夫，例如：〈千百模樣線拉牽〉——傀儡戲班老師傅楊子良，〈炮鳳煮龍‧滿盤皆珠玉〉——「辦桌人」李水足，〈土裏探微‧地裏乾坤〉——鑿井這行業，〈誰知滴滴皆辛苦〉——湖下榨油業，〈公平義取四方財‧稱斤秤兩應實在〉——榜林製稱老人徐萬福，〈敲敲打打皆功夫〉——安美村楊誠世巧手製鐵鍋……等等，不僅頗具巧思，其用心亦可見一斑。

在第二輯的〈故園情真〉裡，李錫隆先生已由前述的人物故事，進入到史實的敘述。首先作者以〈河湟隔斷家鄉春〉——金門人下南洋之路做為開端，把爾時鄉人「落番」的原由，以及因戰亂或避禍或謀生所衍生出來的的落番潮，都有所著墨。不錯，有海水的地方就有中國人，有中國人聚集的地方必有金門人，就誠如作者所言：「金門的香火，是連綿不絕的在每一個異鄉延續著。」然而，鄉親因各種理由遠渡南洋迄今已有數百年歷史，若要詳加考證，必須尋找文獻、訪問耆碩，並非僅憑道聽途說即可渾然成章。儘管該文不是一篇嚴謹的「華僑史」，但不可否認地，作者已善盡一位作家的職責詳實報導，我們焉能作更多的苛求。

李光前將軍是一位家喻戶曉的烈士，然而對於他成仁殉國的史實則有不同的說法。作者在〈李光前遺事〉這個章節裡，親自訪問到當年參與替李將軍抬棺的古寧頭李氏兄弟，終於讓這段鮮為人知的護靈過程呈現在讀者面前。作者在書寫此文時迄今已逾三十載，當年現身說法的李氏大哥亦已作古多年，讓我們有無限的感傷。在追悼李將軍的同時，卻也讓我們聯想到，倘若沒有作者用心書寫這篇專訪、留下這段記錄，讀者們勢必難以想像：「李團長的臉部在裝棺時已經黑腫了」的事實。文中並附有李將軍小傳及光前廟建廟經過，是一篇不可多得的文史佳作。

〈至愛無悔〉書寫的是安岐村蔡媽福無怨無悔地照顧既痴又盲的胞弟的故事。雖然作者是以新聞報導的手法來書寫，但全文充滿著感性，遣詞用字亦有獨到的一面，如此之作品不僅生動感人，更能深入讀者的心扉，繼而引起共鳴。從文中我們不僅看到，蔡象幼時不幸受到鼠疫的感染而引起嚴重的併發症，以致雙眼全盲的悲傷情景，也領會到「誰無兄弟，如手如足」的真情流露。為了照顧殘障的胞弟，蔡媽福自嘲是戴上軛圈的犢牛，即使是一個冗贅的包袱，但他卻心甘情願地承受，充分展現出無與倫比的手足親情，也同時把他的人格特性，提昇到一個最高的境界。假如沒有作者用心去發掘、去採訪，而後再以其優雅的文學之筆加以書寫、深入報導，我們豈能讀到這篇感人肺腑的好文章。

在該輯的十二篇作品裡，與浦邊村相關的就佔了三篇，那是：〈當年復土救鄉團〉——浦邊村抗日老兵何克熙，〈疾風知勁草〉——浦邊抗日志士何水托，〈衣沾不足惜・但使願無違〉——金沙浦邊葉章塔等。誠然，浦邊是一個純樸的小農村，村裡有傲視現代的周家大宅院，它的人文歷史不亞於其他大村落。可是它位處偏僻、交通不便，故而鮮少有媒體深入探訪報導。然而李錫隆先生在短短的三年間，就陸續以專題報導的方式，來報導該村的人文史蹟，的確有點不尋常。作者何以會獨鍾這個偏遠的小村落呢？原來他是浦邊的女婿、何家的半子，難怪對浦邊的人文歷史特別關注。雖然這只是一段題外話，但如果抗日老兵與志士的事蹟值得報導，「葉章塔」似乎也值得大書特書。這座以石塊砌成共有六層的石塔，它為什麼會受到作者如此的青睞，我們可以從作者抄錄的誌文中得到印證。

葉章塔：葉章者，乃葉君作霖與章君菊生之姓氏也，今特取之以命此湖建於葉而成於章也。民國四十八年八月葉君任連長戍於此，因鑑此湖之軍事與經濟價值，乃毅然著手興建，不匝月而得工程有半，旋因奉命調防，乃將所餘工作交與接任之連長章君，章君秉葉君之意志，旦旦而為，至十月中旬終底於成，此湖之足貴，非盡貴乎其有軍事與長遠之經濟價值，乃貴於葉君有此勇敢任事之初志與章君克紹其成之決心，至若其他足供研究之流體力學與海堤防洪之智識等，則又其次也。

若以世俗的眼光來看，儘管它只是一座毫不起眼的石塔，但卻是為了紀念「葉章湖」竣工而興建的。想當年駐軍發揮一棒接一棒，胼手胝足的克難精神，始完成築堤圍湖的任務。即使它只是爾時諸多建設的一例，然而一經時光的照耀，勢必綻放著璀璨的光芒，這似乎也是作者書寫此文的最終目的。

收錄在第三輯〈鄉土奇聞〉雖然只有九篇作品，但書寫的層面依舊相當地廣泛。即便我們不能以此誇讚作者博學多聞，然而他想為家鄉這塊貧脊的文史園地留下一點記錄則是毋庸置疑的。在〈錦蛇奇譚〉——金門巨蟒過海到台灣這個篇章裡，他除了告訴我們這條長約五公尺、身粗約三十公分的巨蟒，是駐軍於民國五十年左右在燕南山一帶合力捕捉的，而後被送到台北動物園供遊客參觀。為了介紹這條巨蟒的屬性和飼養心得，他專程遠赴台北，親自訪問市立台北動物園飼育組長陳義興先生，並撰文詳加報導，除了讓讀者對這條巨蟒有更深一層瞭解外，也同時為這條來自金門的錦蛇，留下一段可貴的記錄。

在爾時的舊社會裡，由年高德邵的長老或族長，出面排解紛爭或訂定鄉規以維秩序已是一種普遍的現象。然而，歲月遞嬗、物換星移，現下的法律早已取代舊時的鄉規。作者在一個偶然的機會裡，從一位黃姓人家處，發覺到一塊長型的楠木匾牌，裡面雕刻著古時的「內洋鄉規」，時間是德宗光緒甲午年春（西元一八九四年），已有百餘年歷史。可是因年代久遠，復加保存不易，該鄉規牌誌已略為破損，字跡亦有些模糊，但作者在「依稀可辨」的情境下，還是逐字逐句地把它抄錄下來，並撰文在報刊上披露。這篇備感珍貴的文史作品，正是〈鄉規舊禁・厲俗安民〉——金沙內洋鄉規牌誌。該文發表於民國七十四年（一九八五年）四月十一日，迄今已屆滿二十五年。但是，爾時並沒有電腦這種先進的科技，故而不能把它數位化讓讀者在電腦上點閱。現今讀者們若想知道這段歷史，除了尋找當年的報紙或閱讀《新聞編採歲月》這本書外，並無其他方法能讓它更具普及化。因此，我必須利用這個機會，把李錫隆先生當年花費心思抄錄下來的內洋鄉規，讓它透過《金門日報・浯江副刊》的網際網路，傳輸到世界各地，好讓海內外的鄉親和讀者們，知道這段歷史的原由。全文如下：

竊聞朝廷著嚴禁之典，草野中公約之條，我鄉僻處海隅，漁農為業，無奢無怠，人共安乎儉勤，不薄不偷俗，專尚夫純厚，蓋幾幾乎讓畔讓路之可風，而未嘗有狗偷鼠竊者也，迄今人心不古，俗習日非，間有二三不肖，不思奮志經營格供乃職，偏自紛心利欲，陷入非途，或乘風浪振撼強奪，殘器於碎帆，或窺草穀發生盜取成物於薄野利爭，目前言忘身後壞至正之良規，瀾莫挽於既倒，恣無厭之壑谷柱，誰作乎中流，日積日深，禍延胡底，愈趨愈下，力無如何，爰集鄉人會同嚴禁，自今日既禁，之後各房長務須約束其子侄，開自新之路，化暴為良，滌舊染之污，改邪歸正，庶禁約嚴而鄉親規整，我氏舊家聲或得振於今，焉未可知也。」

註將禁約條款開列於左：

一、緣海往來客船，無論遭風宿泊，不許盜斬椗舵，奪取貨物，即或沖碎流泊者，亦當報官嚴護，不得擅自撈拾殘器，釀成禍端，敢有恃頑不遵，恣意盜搶者，鳴眾公誅，呈官究罪，其遵禁生事禍延閤鄉者，動費若干罰他自理，倘他埋脫，即向親堂根究，徇情私勒，隱匿不報，察出同罪。

二、緣山麥豆穀，無論苗秀成實，均不許乘間盜取，敢有恃強不遵盜竊被捉者，白晝賞封貳千，暮夜加賞肆千，罰錢壹檯，充公示眾，餘聽失物人等追究賠償，違者會眾公誅，簽呈治罪，賞封戲錢，均盜自理。

三、緣屋草木為園藩籬，春夏秋冬，概不許縱生喂蹂斬刈根苗，敢犯禁被捉者，白日賞封貳佰，暮夜加賞肆佰，罰戲一檯，分餅閤鄉，違者公誅，縱牛喂蹂，減戲一檯。

四、緣礁赤菜物各有主，不許冒認盜搜，敢有故違被捉，除賞封外罰錢伍拾千充公。

五、坐地分贓與夫承授盜物，一經察出，傾家罰款，違者會眾公誅，呈官究治。

六、暮夜之間，不許取帶犯禁諸物，違者罰款依瓜穀例。

七、未到尾牙者，無論男婦老幼，不許攜籃上山掘取薯瓜，違者分餅闔族。

八、以上禁條，各宜凜遵，毋違切切。

看完上文，的確讓我們有發思古幽情之感，也惟有像作者這種有心的文史作家，始能發掘到這塊塵封已久的鄉規牌誌。而從發見到現在，無情的時光已向前推移了二十五個年頭，這塊牌誌的字跡是否還「依稀可辨」？抑或是更加模糊？我們不得而知。但如果沒有作者當年抄錄此文做成記錄加以報導，一經歲月的酸素腐蝕，勢必讓這段歷史消失的無影無蹤，屆時再發出惋惜感嘆之聲，不僅於事無補亦難以挽回，因此，我們不得不佩服作者有先見之明的慧眼。

「路是人走出來的」這句稀鬆平常的話，裡面則隱藏著無數的辛酸。即使我們走遍島上所有的道路，但又有誰會去注意它的由來和其修築史。作者在〈古道難〉——金門一段「走路」史這個篇章裡，除了引述《縣志》與胡璉將軍的《金門憶舊》外，並親訪浯鄉耆宿顏西林先生，把金門「路史」的概況，從一千六百多年前先民披荊斬棘起，到後浦同安渡頭的石板路，乃至民國十九年（一九三〇年）李敬仲縣長修築後浦到官澳公路，一直延伸到民國四十七年（一九五八年）完成中央公路，四十九年（一九六〇年）完成環島南路，五十一年（一九六二年）環島西路構建完成，五十二年（一九六三年）環島北路竣工，到五十三年（一九六四年）環島東路告成……等等，可說把金門道路建設的演進，都做了極其完整的敘述。可是放眼當下，浯島這段重要的路史，除了作者於二十餘年前對它做過詮釋外，似乎未曾見過第二篇攸關此類的作品，也因此更能凸顯其既有的文史價值。

第四輯的〈論述雜文〉，是與前三輯截然不同的文類，前者偏重於文史，後者與文學有密不可分的關聯。在十八篇作品中，有六篇是李錫隆先生（筆名：古靈）當年主編《金門日報・正氣副刊》的相關作品，那是：〈期待新綠的昂揚〉——正副現階段的努力方向，〈自我撃鼓論「正副」〉、〈由期待新綠到新綠昂揚〉——為正副的再調整步伐敬告讀者，〈答辯書〉、〈地區文學的省宗興重建〉與〈秋色深凝亭台間　輸誠共話正副時〉等篇。他也是繼顏伯忠先生（筆名：風衣），李福井先生（筆名：終南山）後，第三位主編正氣副刊的浯島菁英。然而，無論是在《正氣中華日報》或《金門日報》

時期，抑或是從「料羅灣副刊」、「正氣副刊」到「浯江副刊」，歷任主編少說也有數十位，但是，他們大多在「浯江夜話」專欄抒發編後的感想，鮮少有人像李錫隆先生針對副刊提出那麼多興革意見。在〈期待新綠的昂揚〉裡，他誠摯地呼籲所有的讀者能齊心振筆，不管是鐵馬之聲、鐘鼓之音、澹滴采微、浮光掠影、民俗記實、鄉情論衡或激昂的文藝作品，都是「正副」迫切需要的，冀望它能開展一片昂揚的新綠，綻放出美麗璀璨的花朵。儘管當年「正副」標榜的是「戰鬥的」、「健康的」、「寫實的」、「鄉土的」，而時至今日，除了「戰鬥的」一詞較為礙眼外，其他均可做為後任主編選稿與編輯的參考。實際上，當年所謂「戰鬥的」，它有著「積極的、進取的」與「創造的、建設的」的意涵，並非專指「大兵文學」或「戰鬥文藝」。誠然其字眼已不合時代潮流，但仔細想想，還是有其可取之處。對於李錫隆先生當年的用心，相信鄉親與讀者們都能感受到。

然而，無論是之前的《中央》，現在的《聯合》、《中時》或《自由》等報副刊，抑或是一本高水準的文學刊物，讀者們對其內容都會有不同的見解和批評的聲音，遑論是一份地方小報副刊。作者在

〈答辯書〉乙文裡，首先引述了兩則小故事做為開端。其中一則為：一位戲劇大師在作品演出後與演員一起出場謝幕，頓時全場掌聲雷動，但是包廂中卻有一個人持反對意見，他高聲地大叫：「這是一個差勁的演出。」戲劇大師當場反駁他說：「很不幸，在座人的意見恰好與你相反。」作者引述此文的用意相當明朗，個人的好惡並不能代表多數人的意見，即便「是非之心，人皆有之」，但不實的指控和惡意的批評則不足取。於是他針對問題逐一加以說明和反駁，其遣詞用字鏗鏘有力，陳述得頭頭是道，讓某些批評者啞口無言。從上述各篇章中，我們似乎也可以看到李錫隆先生長年對這片土地的關注，以及其是非分明、就事論事，不向惡勢力低頭的行事風格。

〈思古悠情〉、〈虹，在遠方〉、〈波逐感應〉、〈遊心千古〉、〈波逐發心〉與〈有待漢威〉等六篇，都是深具水準的文學創作。作者內心所欲傾訴的，不僅僅只是憂國憂民的鄉土情懷；作者筆下所欲詮釋的，何止是對這片土地的熱愛和敬重。當他學成回到這座島嶼，親眼目睹戰火過後的社會變遷，更有一份知識份子愛鄉愛土的使命感。他以〈思古悠情〉做為對故土的獻禮，即使離鄉數年後初返時有近鄉情怯的微妙情愫，但異鄉的蕉風椰雨，豈能拂去他對鄉土的眷念。全文撫今追昔，充滿著感性。所謂「人丁不滿百，京官三十六」、「十里兩侍郎」、「一榜五進士」、「八鯉渡江」……等等，先賢個個腹笥淵博，文采風流，無論是詩詞歌賦，均是喧騰眾口的英雄。於是作者在敬佩之餘，卻也情不自禁地自問：「我何時才能再品茗他們那些敲金戛玉，天風海雨的文章呢？除了那間陳侯廟，我又何處覓牧馬侯的遺跡；修葺過了的慰廬外，又那裡去神交洪鳳鳴呢？還有風情豪邁的盧若騰、文武兼資的蔡復一、文章魁首的許獬，以及名宦鄉賢的三蔡呢？使我有著滿弦的歷史感應和嗟嘆噓息。」

〈虹，在遠方〉發表於一九八一年五月號的《文壇月刊》，而萬萬想不到，在讀完他的文史作品後，竟能欣賞到他優美典雅的抒情散文。眾所皆知，「虹」是白天雨後天空出現的彩色弧形光圈，是太陽光照射著水氣形成的。然而作者心中的「虹」，它意味著什麼？代表著什麼？或許，它追尋的是一個長遠的目標、光明的願景，而非沉淪於酒色財氣中。請看：「畫面幌動的是中華兒女果敢勇毅的尋找虹的日子，每一個鏡頭都有上一代血汗凝成的花果的躍現，無疑的，他們沒有丟中華兒女的顏面，他們的血沒有白淌，汗沒有白流，很堅實的在歷史的扉頁劃下了幾道深深的痕跡……。真的，我們實在不該吝用我們的血汗，去灌注那株枯萎了廿年的秋海棠！」讀完這一小段，作者欲表達的意象已活生生地呈現在讀者面前，除了語詞華麗、節奏明快外，更讓人有熱血沸騰之感。可是，我們已很久很久沒有讀過這種意境高超，深具內涵的抒情散文了。儘管它是李錫隆先生早期的作品，但如今讀來則依然生動感人。

〈有待漢威〉發表於一九八二年四月十日《中華日報．副刊》，迄今已有二十八年歷史。若依這篇作品的創作時間來看，其靈感源自夫人的生產過程，並以孩子為抒發對象。李錫隆先生除了親眼目睹孩子的誕生外，從其字裡行間，更可發覺到他對夫人的愛和深情。夫人因孩子的重量足足有三千五百公克，故而在生產時並不順當，甚至幾近心力交瘁，於是作者告訴孩子說：「整個陪產的夜晚，我都是在產房附近徘徊。看到你母親的痛苦，我心如刀割，你母親體質不好，實在耐不住一波波的苦痛，偶一悚立，我就有想入產房替代你母親位置的衝動。我與你母親鶼鰈情深，多了你當然更好，少了你也無何不可，一旦你危及你母時，我寧可放棄……。」當我們看完這一段，就彷若自己陪產時的心情，內心的期待和焦慮是難以用筆墨形容的。

在〈有待漢威〉這篇作品裡，作者詮釋的不僅僅只是親情，從文中我們清楚地看到，作者對剛出生的漢威有諸多的期待。而這些勉勵的話，即便幼兒意會不到，然則句句都是啟發人性的箴言，相信孩子長大後，勢必能感受到為父者的心意。例如：

——親子之情孺慕之心，永遠是人性中最高貴的一點。

——父母之恩對我們雖是一種塵緣，但其恩澤是昊天罔極的。

——我雖然相信宿命論，但是我更相信：人的雄心意志可以改造環境，創造更璀璨的人生！

——在這個世上，持續的奮鬥才是成功的不二門徑。

——人，不能老是像溫室裡的株花，他必須茁壯，他必須奮鬥，他必須掙破令人斲志的溫室，創造出令人激賞的環境來。

——在這世界上，必須要爭一口氣，不要庸庸碌碌的過一輩子。

綜觀上述，可說句句都是金玉良言，當漢威長大成人而領悟到時，勢必會把他「阿爸的話」傳承給下一代。如此的父傳子、子傳孫，當代代相傳後，「阿爸的話」勢將成為「阿公的話」以及「阿祖的話」。儘管作者說：「為父不是一個喜愛說教的人，但我們既然有幸能在一起，我就有責任事先向你訴說一些做人的道理。」然而，無論從任何一個基點來看，作者或多或少都有一點「說教」的意味，天下父母心啊！這點讀者們是能理解的。而二十八年後的今天，漢威賢侄已從醫學院畢業，不久即將回到這座孕育他成長的島嶼，為敦厚樸實的鄉親服務，未來必是一位懸壺濟世的良醫。我們虔誠地祝福他，也同時祝福他那位不喜愛「說教」卻「恨鐵不成鋼」的老爸。

讀完李錫隆先生的《新聞編採歲月》，即便我們不能針對全書七十餘篇作品一一加以剖析和論評，但總的說來，它除了是一本文史與文學並駕齊驅的不朽之作，也是一本富有啟發性的作品。儘管書寫的時間與現下相隔多年，然而它既有的價值依然存在，並沒有因此而減低它的可讀性。可是近年來已鮮少讀到他生動感人的文學作品，以及膾炙人口的文史佳作。雖然《文化躬耕屐痕》乙書是他的新作，但大部分都是與文化相關的序文或雜感，也是他擔任金門縣文化中心主任與文化局長近十年來的服務手記，故而不能與上述各書相提並論。唯一的一篇是寫於二〇〇九年七月的〈新聞憶舊二三事〉，敘述的是他服務新聞界的過程和幾則趣味的小插曲，作者把它歸類在《新聞編採歲月》的序文裡，讓讀者在尚未進入書中文本時，就能領會到新聞編採歲月的酸甜苦辣，我們不得不佩服他縝密的思維和用心。相信《新聞編採歲月》這本書，必能與《金門島地采風》與《金門島地漫步》等書相得益彰、廣為流傳，好讓海內外的鄉親和讀者們，對金門的歷史文化與風土民情多一番瞭解。

（原載二〇一〇年十月三十至三十一日《金門日報・浯江副刊》，金門文化局《金門季刊》第一〇六期（二〇一一年九月）摘錄轉載）

櫥窗裡的眞情世界

——試論寒玉《心靈的櫥窗》

（寒玉著，秀威資訊出版，2011）

《心靈的櫥窗》是作家寒玉小姐的第六本書。毫無疑問地，她靈感的來源依然是生活週遭的體會，「我看我思我寫」更是她創作的不二法門。從書中的十三篇作品與書寫的字數和發表日期，我們可以清楚地看到，幾乎每月都有一篇新作誕生，而且字數少則三千餘字多則萬餘言，並以一百八十餘則生活小故事，串連成一本十萬餘言的散文集。內容除了有「生活集錦」、「俗事一覽」、「人物側寫」，更有「留言與流言」……等等。作者的勤奮和用心，以及對文學的熱衷和執著，的確讓人讚嘆。

楊牧先生在《中國近代散文選》裡，將散文歸納為小品、記述、寓言、抒情、議論、說理、雜文七類；鄭明娳小姐在《現代散文類型論》將散文分成「主要類型」與「特殊結構類型」兩種，前者分情趣小品、哲理小品、雜文三類，後者包括日記、書信、序跋、遊記、傳知散文、報導文學、傳記文學七種；楊昌年先生在《現代散文新風貌》則歸納出十一種「新的風貌」：詩化散文、意識流散文、寓言體散文、糅合式散文、連綴體散文、新釀式散文、靜觀體散文、手記式散文、小說體散文、譯述散文、論述散文……等等。

當我們看到散文有那麼多種類和分別時，屬實難以把寒玉小姐的作品做一個妥善的歸類。無論她書寫時是隨興或有感而發，並沒有受到文學創作理論那些嚴肅教條的影響，純以「我看我思我寫」為出發點，這種如數家珍的書寫方式，非僅能抓住主題的重點，更能寫出深受讀者喜愛的文章。於是在《心靈的櫥窗》這本書裡，屬於「寒氏風格」的作品已然成形，這種毋須受到文學理論牽絆的創作模式，必須歸功於她和這座島嶼長久以來所建立的深厚情感。故而她並非憑空想像，而是以寫實手法來記錄親眼目睹的島鄉事宜，以及生活週遭的點點滴滴。如此之寫作方式，不僅能充分掌握她欲表達的意象，讀者也能輕輕鬆鬆地享受閱讀的樂趣，確乎是兩全其美的高明技巧。

誠然，寒玉小姐的作品鮮少在台灣的報刊雜誌出現，但透過《金門日報》的網際網路，全球華人均可讀到她富有淳厚島鄉色彩的作品，台北秀威資訊公司更把她所出版的書籍《心情點播站》、《輾過歲月的痕跡》、《女人話題》、《島嶼記事》以及《浯島組曲》等書，在海內外廣為發行。因此我們敢於如是說，經過多年努力後，寒玉小姐的成績有目共睹，已非昔日的吳下阿蒙。

在《心靈的櫥窗》這本新書中，其創作時間雖然橫跨兩個年頭，而實際上只短短的一年。首篇是〈視窗〉，作者以二十三個小單元來書寫週遭的人、事、物，即使每個單元只有短短的數百字，但都能夠把她欲敘述的事由交代得清清楚楚，讓讀者有繼續讀下去的意願。所謂「寒氏風格」，還有一點值得一提的是它文中經常出現的「韻腳」，若依常理而言，韻腳通常都是詩詞歌賦等韻文，在句末尾所押的韻。但是，作者把它運用在一般散文的句字中，卻也別有一番優雅的風味。我們試舉例如下：

「老天跟我開玩笑」——

衣服已快曬乾，忽地天空一片黑暗，緊急嚷來一家老小，分配收藏前屋與後院。家裡收整完全，看天色越來越暗，雖是中午，感覺如傍晚。一番好心腸，通知左鄰右舍趕緊收衣裳，衣服已快乾，突然變天就麻煩。

「愛心的背後」——

大年初一的早上，向玉皇大帝賀年，燃放鞭炮一串，正在泡甜茶、吃甜甜、好過年，忽然家中電話響，看護來電要錢，談完之後突然電話斷線……。

「心理的感受」——

他嘆了一口氣，外表不耐看，走路不像樣，不願與人話團圓。數年封鎖心田，活在自我的空間，隨心所欲過自己想要的明天。

作者富有韻味的段落，在其作品中可說處處可見，無形中也成為寒氏的獨特風格，讓人有耳目一新之感。

在〈瀏覽世間話故事〉這個篇章裡，首先出現的是令人心生同情的「車禍」，當然，它也是作者身歷其境的親身體會。車子被撞了，人也受傷了，無論是警方路權的丈量或監視器的調閱，都顯示這場車禍是對方的錯，讓肇事者無所遁形。然而，肇事者自稱是一位半工半讀的女學生，除了承認過錯外，其家長也出面道歉，作者基於同情心之使然，忍受自己被撞擊時的頭暈、嘔心、胸悶的症狀，選擇原諒肇事者。但是，好心卻得不到好報，肇事者的姐姐卻捏造事實，誣指他們車速過快，沒有煞車，撞人反咬被人撞……等語，如此之不當言行，確實造成受害者二度傷害。負責處理的警察先生，耳聞她們四處造謠放話，毫不客氣地提出警告，讓肇事者及其家人感到羞愧。作者經過這場車禍而身心承受雙重折磨後，卻也有社會變調、人心不古之感嘆。若非親身經歷，實難以把這場車禍書寫得那麼詳實。

誠然，作者〈瀏覽世間話故事〉尚有十餘個單元，裡面包容著形形色色的世間故事，有「天龍鬥地虎」、「穿旗袍的女人」、「玩布偶的男人」、「賣燒餅的老闆娘」、「她是別人的老婆」……等等，把人生百態透過她的筆觸，活生生地呈現給讀者。其內容不僅有趣味性亦有啟發性，當我們讀完此一篇章，就猶如是作者引領我們瀏覽這個交織著善良與罪惡、美麗與醜陋的人世間。其他如〈生活集錦〉、〈俗事一覽〉、〈紅塵俗事〉、〈我看我思我寫〉……等篇章，都是較生活化的作品。可是文中涵蓋的範圍則包括對青少年的關懷，對隔代教養的關注，對婚姻大事的期許，對歲月的緬懷，甚至生死輪迴的探討，民間慶典的介紹……等等，整體說來既有瞻前亦有顧後，讓作品更具多元化，更有可讀性。我們可從書中一百八十餘個各類型的書寫題材得到印證。

可是，卻也因為她的敢言，而激起許多波瀾。一篇替弱勢族群爭取的「送餐」，無形中竟成了網路留言版廣為討論的「發燒問題」，有人認同她的觀點給予鼓勵、加以讚賞，被批評者則難以接受如此的事實，甚至有位不明就裡的人，還向她的婆婆告狀。而作者亦非省油燈，卻也撂下狠話：「長輩的施壓，不是第一次，捫心自問無愧於筆耕，是我在文壇立足的原則，敢上槍林彈雨的戰場，就不怕陣亡。就算今日在地上向公婆告密，明日到地下跟父母告狀，我心坦蕩、堅持理念，不屈服於他人的威嚇。」一個弱女子敢於做如此宣言，敢於向惡勢力挑戰，我們不得不佩服她的勇氣。坦白說，作家的筆並非只用來歌功頌德，它必須是這個社會最忠實的代言人，方能透過他們的筆觸，寫出對這座島嶼的愛和關注，讓善惡分明，讓光明與黑暗有一個明確的分釐，繼而創造一個祥和、完美，沒有紛爭的社會，那便是生長在這塊土地所有子民之福。

然而，或許是樹大招風遭人嫉，抑或是自古文人相輕的使然，竟有人在網路留言版上毫不留情地惡意批評，甚至還把同在文壇一起耕耘的好些人牽連進去、一併加以撻伐。當作者看到那則惡意批評的留言時，簡直難以接受，幸好有文友仗義執言力挺，並給予精神上的鼓勵，始讓她的情緒緩和。古人云：「本是同根生，相煎何太急」，彼此同在這塊歷經戰火蹂躪過的土地成長，理應相互扶持、相互鼓勵，何況每個人的教育程度和生活歷練都有所不同，文學領域又是那麼地寬廣，因此書寫的方式和水準當然有所差異。但只要能把眼所見、耳所聞、心所感，透過文字來表達，並與讀者和鄉親共享，已屬難能可貴，何須過於苛求。

況且，讀者們對文學作品的解讀也不盡相同，倘使一個人對現實不滿或空有滿懷理想，而以批評漫罵為樂趣，那是不足取的。別以為真有：「天下文章屬三江，三江文章屬浯鄉，浯鄉文章屬吾弟，吾替吾弟改文章」這種事。果若真有其人其事，除了先賢外，現下文壇又有誰能擔負這個重責大任？寄語某些擅於作無謂批評的「仁人君子」或「社會人士」，要懂得「人情留一線，久後好相見」這個簡單的道理，更要知道「若要人不知，除非己莫為」這句俗諺。別忘了，要打擊一個人容易，要激勵他人奮發向上則不易。倘若那位批評者有本事寫出震古鑠今的作品來回饋這片土地，還情有可原。

基於上述，我們也在文本中看到作者善惡分明的本性，針對網路上的惡意批評，隨即以「激盪話題」乙文還以顏色。雖然她寫來較含蓄，下筆也較為溫厚，但明眼人都看得出來，一個沒有學歷的家庭主婦，竟以反諷的手法，替那位「仁人君子」上了寶貴的一課。例如：

——有意義的建言屬良心建議，無厘頭的攻擊不需搭理。每個人的學經歷不同，創作手法也不一，但只要努力，就能看到好成績。深入淺出的內容，只要讀者看得懂，不需大費周章去賣弄。

——文筆不好可再加強，心地不好就無藥可醫，批評他人之前先反省自己。

〈百年點播〉之二的「痴情姐妹花」是該書較特殊的一篇。作者詮釋的是難容於傳統社會的同志戀情。從文中我們清楚地看到，作者是傾聽她的友人，也是當事者其中一人的敘述，即使只是兩個女人相戀時的一段心路歷程，但透過作者流暢的文筆，讀來備感動人。坦白說，同性戀在現今社會早已屢見不鮮，甚至有些已公然結成連理，除了不能生育外，多數都過著幸福美滿的生活，相較於離婚率那麼高的異性婚姻，不能不說是一種諷刺。儘管在這座純樸的島嶼，公然出雙入對的同志或許不多，但暗地裡生活在一起的絕對有之。當有一天我們發現週遭的朋友有如此傾向時，就如同作者所言：

——愛情無罪，感情是沒有界限，更不應有對象之分，只要是真心相對，每一份情緣都應被尊重和祝福。

——尊重她的抉擇，祝福她的快樂，願她們的世界幸福、美滿，外界也別給她們太大的壓力與異樣的目光。

概略地讀完寒玉小姐《心靈的櫥窗》的十三篇作品，在一百八十餘個單元中，即便筆者不能一一詳加以剖析，但幾乎都讓我們留下深刻的印象。已故文學大師梁實秋先生在〈論散文〉乙文中曾說過：「散文是沒有一定的格式的，是最自由的，同時也是最不容易處置，因為一個人的人格思想，在散文裡絕無隱飾的可能。」在領會大師對散文所下的定義時，我們也同時看到一位寫實作家在文學創作領域裡所投入的心血。她溫馨親切的作品，表現出純樸敦厚的書寫風格，其廣大的讀者群，更是她創作的原動力。許多讀者或親朋好友，更主動提供故事或創作題材，交由她來執筆。即使她所受的教育有限，亦只是一個相夫教子的家庭主婦，但高學歷與好職業並非是文學創作的絕對，反而不受它的牽絆而更能揮灑自如。寒玉小姐之能以每月一篇、每年一書的成績向文學高峰處邁進，並非僥倖，亦非不勞而獲，而是她長年縝密的觀察和體會，以及不斷地努力學習換來的成果，我們必須給予高度肯定與虔誠的祝福！

（原載二〇一一年九月九日《金門日報・浯江副刊》，金門文化局《金門文藝》第四十五期（二〇一一年十一月）轉載）

從歷史脈絡 尋浯島風華

——試論黃振良《浯洲場與金門開拓》

（黃振良著，金門縣文化局贊助出版，2011）

《浯洲場與金門開拓》是黃振良老師最新一本攸關於文史方面的書籍。倘若以嚴肅的文學觀點而言，顯然地，它與黃老師之前出版的各類文史作品是有明顯差異的。例如：《金門古式農具》、《金門民生器物》、《金門古井風情》、《閩南民間信仰》……等書，它們都有一個單一的主題，較易發揮。而相較於《浯洲場與金門開拓》書中的十八篇作品，無論是研究論述或是文化交流，它所涵蓋的層面不僅更加地廣泛，欲詮釋的旨趣似乎也更加地多元。即便我們不能就此論斷這本書就是黃老師的代表著，但我們卻能從其中，領會到作者思維的縝密和文筆的老練，以及整個文本欲表達的意象。

誠然，這些作品都是黃老師書寫各類專書之餘的「副產品」，但是，我們則依舊可從其十四萬餘言的文字中清楚地看到，作者是在歷史的脈絡中撫今追昔，孜孜不倦地尋找浯島的人文風采、先賢行蹤，以及逐漸被歲月湮沒的文物古蹟，而後逐一地把它作成記錄並書寫成章。由此可見，作者欲詮釋的何止是對這片土地的愛和關注，他所留下的豈止只是一篇篇文史記錄而已，讀者們想瞭解的歷史文化與風土民情，浯鄉子弟急欲汲取的人文知識與島鄉歷史，可說全在他的字裡行間躍動。他的專注和用心有目共睹，交出來的成績單更是璀璨亮麗，是許多文史工作者難以與其相媲美的。

然而，當我們有上述的體認與共識時，卻也讓我們深深地感受到，倘若黃老師早年沒有練就一身不凡的文學功力，與一枝字挾風霜的不朽之筆，復加近幾年來不斷地汲取新知、蒐集資料，甚至為了求證而不遠千里四處探訪耆碩和相關人物，焉能書寫出那麼多膾炙人口、且又能流傳百世的文史佳作。其不屈不撓、不恥下問的求知精神，的確令人讚嘆！古諺云：「不經一番寒徹骨，怎得梅花撲鼻香」，它或許就是黃老師著作等身與成功的主要因素。

在《浯洲場與金門開拓》書中的十八篇作品裡，黃老師把它區分為〈研究論述〉與〈文化交流〉兩輯，並以〈浯洲場與金門開拓〉這篇作品做為書名。可是，當我們觸及到書題作品時，卻也深感訝異，作者並沒有以較熱門的民間信仰、朱子史緣或是河洛文化做為開端，而是以極其嚴謹的態度和流暢的筆觸，先為讀者們詮說一段他最為熟悉的「鹽史」。

眾所皆知，鹽是民生必須品，人體倘若缺少鹽，除了食不知味外，也會讓疾病纏身。黃振良老師首先引用明代古籍《天工開物》〈作鹹第五〉篇說：「天有五氣，是生五味……，口之于味也，辛、酸、甘、苦，經年絕一無恙，獨食鹽禁戒旬日，則縛雞勝匹，倦怠懨然，豈非天一生水，而此味為生人生氣之源哉？」故此，我們不能低估鹽對人體的重要性，而它的種類更有池鹽、井鹽、末鹽、崖鹽、海鹽等五種。作者非但一一介紹它們的產地、形狀，甚至從煮鹽到曬鹽也作了完美的詮釋，讓讀者們對其種類與生產過程有更深一層的瞭解。然而，該文介紹的似乎不僅僅只是：「鹽之產也，或取於山，或取於海，或取於井，或取於池」及其種類和生產過程，作者欲敘述的「浯洲場」或許才是全文的重點。

從首篇的文本裡我們看到，金門的鹽業迄今已有一千一百餘年的歷史，正式建場徵鹽亦有七百餘年的時間。所謂浯洲場，亦即金門鹽場，場址設於東埔，負責管理與行銷，所轄則有官鎮（官澳）、永安（西園）、田墩、沙美、浦頭、斗門、南埕（浦邊與劉澳之間）、保林（古寧頭慈湖沿岸）、東沙、烈嶼等十個「鹽埕」專負曬鹽生產之責。儘管上述部分地名對讀者來說是相當熟悉的，但如果要把它正確的位置或其由來一一加以記錄，卻也不是一件簡單容易的事。例如位於西園的「永安埕」，因年代久遠，幾乎無據可考，作者為了書寫這個小單元，除了參閱《福建運司志》書中所繪的〈浯洲場曬鹽灘團〉圖外，並以周邊一塊「永安橋」的古石碑作為佐證，讓這段歷史更具說服力。或許，當讀者們看到這則簡短的敘述時會覺得沒什麼，然而作者為了求真求實，為了向歷史負責，他所花費的時間與心血是筆墨所難以形容的。假使沒有善盡一位文史作家的職責而記載不實或模糊帶過，那必是一種欺瞞的行為，勢將成為歷史的罪人。

整體說來，浯洲的鹽史，也是一頁活生生的浯島開拓史。作者從金門千戶所城與烈嶼、陳坑、峰上、田浦、官澳等五處巡檢司的的構築，到居民對鹽業的依賴、鹽業對金門經濟的助益，以及鹽業與金門科舉……等等，都有所著墨。然而，儘管鹽業對金門有諸多的助益，但也因為鹽田密布，雜草樹叢枝椏被砍伐作為煮鹽的燃料，復將部分雜林地闢為農田等因素而造成金門風沙飛揚的風害。作者不厭其煩地從明代中葉之前至民初，攸關於島上的風害與浩劫，都做了極詳細的詮說，讓我們重新溫習一段久違的歷史，也同時聆聽黃老師為我們講述一個動人的歷史故事。

在讀完古代的鹽史後，作者又引領我們進入到近代的西園鹽場。從金門防衛司令部戰地政務委員會西園鹽場的全盛時期，到金門縣議會決議、金門縣政府宣佈關閉西園鹽場為止，出生於西園村的黃振良老師，可說是它最好的見證人。然而卻也因此讓我們感受到，倘使心中對這片土地沒有一份使命感，黃振良老師不可能浪費時間去蒐集那麼多資料；假若對鹽鄉沒有感情的存在，他又焉能引經據典把它書寫得那麼完美。金門這段鹽史由他這位出生於鹽村、且學有專精的文史作家來擔綱、來書寫，或許再恰當不過了。

〈金門太文巖寺歷史調查研究〉與〈縣定古蹟王世傑古厝與古墓歷史研究〉是兩篇頗具歷史價值與可讀性甚高的作品。設若以題目而言，我們看到的似乎是兩篇嚴謹且又生硬的學術性論文，但是，當我們詳閱它的文本時，我們不得不佩服作者在嚴謹中略帶柔性的筆力，把原本較為枯燥乏味的研究心得，書寫得那麼生動流暢，這或許與他早年從事文學創作有相當大的關聯吧。〈金門太文巖寺歷史調查研究〉讓我們看到朱熹與宋代金門的開發、清水祖師爺的信仰源流、古區的歷史與陳氏家族，以及燕南書院與太文巖寺的種種事蹟。作者為了書寫此一篇章，曾數度遠赴福建武夷山探訪朱子故居，並在「朱熹書院」尋找先賢生平資料，而後以其嚴謹慎重的態度加以整理、考證和撰寫，復提出數點建言供燕南書院與太文巖寺重建單位參考。其大公無私的精神非僅讓人敬佩，也同時展現出一個文史作家的胸襟。

而在〈縣定古蹟王世傑古厝與古墓歷史研究〉這個篇章裡，則讓我們瞭解到浦邊聚落的歷史變遷、浦邊王世傑家族、王世傑與竹塹之開發，以及新竹與浦邊王家往來情形的各種關係等等。從文中我們也清楚地看到：先賢王世傑從襁褓中就飽嘗離亂之苦，幼年又遭失怙喪母之痛，十四歲入伍當軍伕，十六歲離鄉背井遠渡重洋，青壯時期是在顛沛流離的環境中度過，往後卻是他在異鄉開創天地的歲月，可是卻為了巡守自己辛苦開墾的農田而喪失生命，最終始落葉歸根、埋骨於故鄉金門的土地上。

不可否認地，這段歷史迄今已三百餘年，歷經歲月的更迭、時局的重大變遷，景物非僅不在，人事亦已全非，想尋找先賢的蛛絲馬跡談何容易。但是，經過作者四處尋找資料，復加佐證，然後有條不紊地加以整理、撰述，始讓先賢的生平事蹟完整地呈現。對於外界的疑惑之處，例如：同安金城馬巷在那裡？王家何時從東沙遷浦邊？王世傑的生卒年何者為實？王世傑是商賈或軍職？浦邊王家昭穆何以先新後舊？……等等，作者亦根據史料一一提出解釋，讓這段歷史更具說服力與可讀性。

〈讀史知鑑〉是黃振良老師赴台參加「鄭成功、劉銘傳」學術研討會，聆聽李增教授講述〈鄭成功與金門之關係述論〉的感想。雖然鄭成功與金門的關係最為密切，從隆武二年烈嶼吳山會盟開始，直到永曆十五年自料羅灣東渡為止，無論是練兵、抗清、北伐、退守、渡台，始終以金門為基地，在金門的十五年間，也是他一生事業最輝煌的時期。

然而，鄭氏在金門除了軍隊操練場的開拓、造船廠的興建、水井的開挖外，其他似乎少有建樹，甚至大量砍伐森林用於造船或燃料，讓金門變成一個牛山濯濯、風沙飛揚的島嶼。攸關鄭成功在金門的功過，凡是生長於這座島嶼的學者或文史作家，其看法幾乎都是相同的，即使他們不便下定論，但歷史是一面清晰光亮的大明鏡，其功過是非勢必會在鏡面上顯現。雖然，此一篇章只是作者參加學術研討會的一點感想，但他卻又補充不少資料，為讀者們講述「金門有關鄭氏的文物」等種種事宜，並對「明延平郡王鄭成功觀兵弈棋處」的地點、石刻，與烈嶼下田「國姓井」是否真是鄭氏或鄭軍所鑿等兩點提出置疑。儘管迄至目前為止尚未得到任何的回應，然卻也讓我們聯想到，一個有格調、有擔當、負責任的文史作家，講的是證據、追求的是事實的真象，而不是附會於時代潮流，以假象來誤導讀者。

〈雲「根」之去，「酉」堂之來〉是黃振良老師對「漢影雲根碣」與「水頭黃氏酉堂別業」兩處古蹟之疑處的補述。對於「酉堂」名字之典故，雖然有學者進行調查研究，所得結論為：「黃俊於乾隆丁酉年建書齋於中界，以是年興建，故號曰『酉堂』……。」但作者則從水頭耆老黃啟政先生處，取得一幅名為「書通二酉」的漫畫，該畫上附有與「酉」相關的簡單說明。於是作者把這些資料重新整理，並歸納出兩個問題，其一為「酉堂」之名出自何人的心思？其二為「書通二酉」之典故出自何處？其目的是想就教於方家。想不到該文在《浯江副刊》刊載後，隨即引起諸多文友熱烈的討論。即使結論並不一致，但至少彼此都能抒發自己的見解。設若以一般人的觀點而言，首先取得資料的人，想必會根據新資料擅下定論——「酉堂」就是出自「書通二酉」。但是，作者並「不敢自以為是」，他「只是把這份資料提供給文史同好作為研究之參考」，其謙虛不自炫宏博的處世之道，不僅值得敬佩，也是後輩學習的榜樣。

繼而地，黃振良老師以輕鬆感性的筆觸，透過其內侄董瑞生先生，轉述其先父董烏石先生，生前為他講述的一段故事，來詮釋「雲『根』之去」的典故。大意如下：「民國四年農曆三月初四日，當日清晨大雨傾盆、雷電交加，卯時小古崗董家有位小男丁出生，翌日，有人發現山坡上的『漢影雲根』巨石被雷電擊中，滾落在原址前的地面上，因遭雷擊，巨石如同被煙火薰過，表面呈黑色。在爾時教育不普及下，常為新生兒命名大傷腦筋，故而董家就順勢把孩子取名為——董烏石。」而從學者的調查研究上我們看到：「古坑人謂被風雷刮毀，也有說是因古坑人取石毀壞……，故該石僅存『漢影雲』三字，不見『根』字。」等語。儘管傳說與調查研究各有所本，但相對地，它的物證是較薄弱的。於是作者提出他的看法：「各種推測來自各不同的假設，如今這『根』究竟在何處？有可能已被不識者無意間鑿開動用，也有可能係有識者故意將這『根』移作建築奠『基』之用，或者這『根』現正埋在附近某處也不可知！」如此之詮釋，非獨是對這段歷史的尊重，也正是一個文史作家的基本態度。

《金門歷史發展》是黃振良老師擔任解說員訓練課程、授課的一份講義。全文區分為二十五個小節，作者從史前遺址發掘、上古期的閩越、中原士族南遷、浯洲的開拓、宋末元初的移民、明代金門的科舉……等，一直延伸到明末清初的金門，以及陷日八年、國共內戰時期、戰地政務時期、新世紀與小三通、金門的未來……等等。即使每個小單元只用簡短的幾百字來陳述，但我們看到的，彷彿就是一部「金門史」的縮影和摘要。倘若以作者的學識和文學素養，復再與歷代人物與大事記相融合，儘管不能書寫出一部氣勢磅礴、震古鑠今的「金門史」，至少它的架構已儼然成形，「簡明金門史」初稿的完成似乎也是指日可待。誠然，大部分史書的撰寫，仰賴的幾乎都是學者和專家，但是，一個學識淵博且長年關注這座島嶼的文史作家，並非不能勝任是項工作，因此，我們冀望黃老師能來擔綱。一旦寫成，讀者們只要進入書中，即可瞭解到金門的全部歷史，可謂一卷在手，終身受用無窮，我們衷心地期待著。

在〈新金門十景之廿四處候選景點介紹文〉這一個篇章裡，雖然每則只有短短的一百字左右，但卻要在限定的字數中介紹一處景點，的確是考驗書寫者的功力。黃振良老師能受到諸評審委員的推薦擔任是項工作，確實是不二人選，也是實至名歸。

毋庸置疑地，金門夙有「海上仙洲」之美譽，昔有「浦城海日」等八景；一九五七年趙家驤將軍品定「明王古墓」等為「新金門十景」；一九六七年金門戰地政務委員會邀集地方人士品定「聖筆藨雲」等為「金門新二十四景」（上述諸景之名稱與說明，請參閱《金門縣志》卷二〈土地志〉）。事隔四十年後的二〇〇七年，金門縣文化局主辦「發掘金門之美」推薦票選「金門新十景」活動，並從民眾的推薦中篩選出二十四景，然後再票選出金門新十景，以強化浯島的歷史文化與觀光意涵。

可是，即使大部分民眾對這座島嶼的景緻都相當地熟悉，但卻也有小部分人對它的歷史背景並不十分地明瞭，假若不加以說明而僅憑外觀，勢必不能顯現出該景點的歷史原貌與文化風采。我們試舉例——

「樓重莒光」（莒光樓、莒光湖風光）：

飛閣凌霄的莒光樓，朱柱碧瓦，雕樑畫棟，有山嵐錦繡之姿、海氣樓台之勝，地勢居高臨下，面朝浯江口外，近可望金城市區，遠可眺望金廈水域，氣象宏偉，視野遼闊，曾是近代金門最壯麗雄偉而具代表性的建築。

短短不足百字，它凸顯的不僅僅只是雕樑畫棟的建築，而是無可取代的歷史精神與文化象徵。從二十四則簡短的景觀介紹，我們非但可看出作者對浯島歷史文化與風土民情的深入，亦可看到他連綿條貫的思路和優越的文學素養。

大凡生長在這塊土地的鄉親和讀者都知道，大陸未淪陷前，金門的傳統建築，無論是磚瓦、石材、木材或土木匠師，可說大部分均來自福建的廈門、漳州、泉州及惠安等地。而閩南傳統建築的古樸典雅，更有別於其他地方的建築。其主要有：「一落二櫸頭」、「一落四櫸頭」（並有「大九格」與「小九格」之分）、「二落大厝」、「三落大厝」甚至有部分加「突歸」或「護龍」……等形體，也因此而成為閩南傳統建築的獨特風格。

作者在〈金門古厝與金門近代史的關係〉中，他從早期的金門民居、古厝是金門僑匯建築、古厝在金門防務初期扮演的角色、古厝所反映的社會治安問題、古厝與金門移民，一直延伸到古厝的舊風新貌等單元來探討。就文論文，我們似乎沒有必要把文中的內容摘要重敘一遍，由這幾個小標題，即可聯想到作者欲詮釋的是什麼。就誠如他在結語中所言：

古厝的可貴之處，除了外觀之美外，其建築的時代、歷經過的時代背景，更是金門古厝所特有而他人無能取代的力量。這百年之間，金門在中國近代史的關鍵時期，由數十萬軍民所創造發揮出來的力量，已經在歷史上佔有一席之地。在這段時間，「金門古厝」不是也發揮了其不應被忽視、不該被遺忘的潛在力量嗎？試問所有於一九五〇年代初期在金門從事保衛戰的每一個人，那一位不曾在古厝棲身過？那一位不是從金門古厝活命走出來的人？這些故事與經歷，才是金門古厝的魅力……。

第二輯「文化交流」裡的九篇作品，均是黃振良老師受邀赴大陸各地、參加各種研討會發表的論文和演講稿。即使少許語詞與第一輯相關篇章有重複之處，然而，無論是歷史文化、風土民情或是文物古蹟、民間信仰，其史實只有一個，是不容任意更改或扭曲的。故此，當情節需要而重複地引用是無可避免的事，也是許多文史作家在書寫時常有的現象，我們必須給予尊重。況且，作者在其九篇作品裡，不管是論文、講稿或是調查研究，均能成為一個獨立的體系，並清楚地交代他欲詮釋的是什麼，因而，我們似乎沒有必要作更多的苛求。

〈金門島與河洛文化〉與〈金門的朱子史緣與文物〉是作者參加「第四屆河洛文化國際研討會」與「閩學與武夷山文化遺產學術研討會」發表的論文。不可否認地，一個歷史悠久的民族，並非只是單一文化所形成，中華文化發軔於千萬年前，若依近百年來長江流域古文化遺蹟的出現，更可證明古中國的文明是一個多元的融合，亦是以河洛文化為主流的中國文化。作者從金門的歷史沿革、文化背景、住民源流、人文盛況、移民中繼站、民間信仰、風俗民情與族譜文化……等等，來敘述金門與中原文化的淵源，讓在座的二百多位貴賓，瞭解到這座海隅小島，除了保存許多源自中原的河洛文化外，也是當前閩南文化中最具代表性的區域。

而朱熹與金門的關係，我們可從《滄海瑣錄》書中看到：「朱子主邑簿，採風島上，以禮導民，浯既被化，因立書院於燕南山，自此以後家弦戶誦，優游正義，涵詠聖經，則風俗一丕變也。」由此可見朱子與金門的歷史情緣以及對金門文化影響之深遠。我們常見的「忠、孝、廉、節」四字，更是延續自朱子教化，如此忠孝兼顧、廉節齊驅的醒世箴言，可說讓後輩子孫受用無窮。作者從深厚的家族觀念、和睦的鄰里情感與祭祀儀典的保存等文，為讀者們詮說朱熹與金門的史緣。並以燕南書院遺址、金門朱子祠、「太極圖說」墨寶等章節，來呈現金門的朱熹文物。該文可說與第一輯的〈金門太文巖寺歷史調查研究〉相得益彰，朱子生平的種種事跡與文物遺蹟，以及作者的用心，全在這兩篇作品的字裡行間顯現。

〈金門民間保生大帝信仰〉、〈認識民間信仰〉與〈金門的關帝信仰調查研究〉均為攸關於金門民間信仰的作品。顧名思義，民間信仰在上古時代即已形成，它也是中華傳統文化源遠流長的一部分，除了擁有中原地區的古文化外，又融入了閩地古越族的族性和習俗，經過歲月的繁衍與蛻變，始形成現下閩南民間信仰的主要成分。保生大帝俗名吳本，是一位醫術高超的神醫，醫人不分貧富貴賤，按病投藥，許多奇疾怪病，無不藥到病除，一生救人無數，升天成神後更在民間留下許多傳奇故事。例如：多次保佑官軍平定賊寇，為老龍醫癒多年眼疾，為老虎取出卡在喉頭而收虎為坐騎，泥馬渡康王後受賜號「大道真人」，明成祖孝慈皇后以絲線把脈治癒乳疾而受晉封為「保生大帝」……等等，其生前以慈悲胸懷愛民救民，卒後更成為萬民敬仰、受民崇拜的神祇。

毫無疑問地，關公是一位韜略雙全，集「仁、義、禮、智、信」等武德於一身的三國名將，更是中國民間無人不知、無人不曉的完人，尤其是他的「忠」與「義」更深受大眾推崇，卒後宋朝皇帝封為「公」，後再晉封為「王」，明萬曆年間敕均為「三界伏魔大帝神威遠鎮天尊關聖帝君」，乾隆三十三年晉封為「忠義神武靈佑仁勇威顯關聖大帝」，並尊為「武聖」，但民間仍習慣稱祂為「關聖帝君」或「關帝爺」。當我們從文本中領略到金門民間對關公的信仰時，卻也讓我們發覺到，作者非僅從民間信仰的社教功能與歷史淵源敘述起，更同時把金門民間的關帝信仰與關帝廟建築年份和史略，詮釋得淋漓盡致。倘使沒有對歷史人物深入瞭解、對島鄉廟宇深入調查研究，甚至在下筆之前做了功課，勢必不能書寫出如此暢達詳盡的作品。

〈蟳埔女與蚵殼厝〉是黃振良老師參加「泉州市丰澤區海上絲綢之路與蟳埔民俗文化學術研討會」的感想。即使作者係由金門縣政府教育局推薦赴會，但對於「蟳埔」這個村落所知卻有限，會後他在泉州地方文史工作者的陪同下，親自去領會「蟳埔民俗文化」的相關內涵。而這趟行程對他來說收穫是相當豐碩的，返金後他隨即把所得之資料與感想訴諸於文字，讓我們對這個座落於泉州市丰澤區涂門外的小漁村，有更深一層的瞭解。尤其針對夙有福建「三大漁女」之稱的「蟳埔女」，無論是她們的服飾、頭飾、耳飾、個性與奇異的習俗，作者無不一一加以介紹和分析。甚至以「惠安女」的「封建頭，民主肚；節約衫，浪費褲」來與「蟳埔女」的「花飾頭，保守肚；緊身衫，寬鬆褲」相對比，其細緻周密的程度，彷若是小說裡的人物刻劃，讓人留下深刻的印象。

「蚵殼厝」也是蟳埔的一大特色，作者根據傳說，把這種非磚非石的大蚵殼的由來，追溯到宋元時期泉州刺桐港崛起，而成為海上絲綢之路的起點，當船隻滿載絲綢從泉州出發，沿閩南沿海南行，經印度洋、非洲東岸到達北非，返航時為了讓船身平穩，就順便將當地人棄置於岸上的大蚵殼裝船壓艙以利航行。靠岸後就把這些巴掌大的蚵殼堆積在岸邊，在經濟困難、物力受限的年代，居民為了取得建材，於是就仿效「出磚入石」的工法，把這些大蚵殼作為建屋砌牆的材料，歷經百年歲月的洗禮，「蚵殼厝」便成為蟳埔民居一種特殊的景觀。即便這段簡短的敘述，並不能代表作者在這個篇章所投入的心血和花費的心思，然則，當我們以嚴肅的文學觀點來審視時，必可發覺到作者的思域與書寫範圍，已不僅僅只界限在金門這座島嶼。他的視野是遼遠沒有邊際的，創作的幅度是寬敞多元的，其不亢不卑、不同流俗的創作精神，更值得我們肯定和讚賞！

〈金門鎮總兵之設立與清代金門的武績〉是作者赴福州參加《戍台名將》新書發表與研討會的一篇講稿，他以金門的地理形勢為首要，無論其面向、界域、形狀或地質，都不厭其煩地加以陳述。也同時凸顯出金門可「內捍漳泉，外制台澎」，是閩南九龍江口外的重要門戶。然而除了地理的重要性外，在清代乾隆、嘉慶二朝，金門出了四位提督，九位總兵，二十一位副將，八位參將……等，故有「九里三提督，百步一總兵」之俗諺。作者亦針對其中之部分人物略加介紹，尤以對提督蔡攀龍、李光顯、邱良功等先賢著墨較深，其餘或因篇幅及資料所限，或受制於時間，僅作重點性的敘述。但縱使如此，我們則依舊能吸收到文中的精髓，進入到清代金門武績的意境裡，瞭解到這段歷史與金門的切身關係。

概略地讀完黃振良老師《浯洲場與金門開拓》，即便尚有部分篇章未能依序加以分析和論評，但我們已清楚地看到，這些儲存在黃老師電腦裡，先前未曾受到關愛的作品，不就是尚未歸納整理的「金門史」架構麼？想不到早年從事文學創作的黃老師，當他從教職退休後的近十年間，卻一頭栽進文史工作的深淵裡。從感性的文學書寫，到嚴謹的史料整理和論述；從史前遺址發掘，到浯洲的開拓；從河洛文化，到朱子史緣；從保生大帝，到關帝信仰；從閩南文化在南洋的傳承保存，到僑匯對金門社會民生之貢獻；從陷日八年，到國共內戰；從金門古厝與金門近代史，到戰地管制對金門文化層面之影響；從新世紀與小三通，到金門的未來……等等，無不作完美的詮釋，無不在他的筆下斐然成章。故此，我們認為《浯洲場與金門開拓》這本書，不僅僅只是純粹的文史記錄而已。它的作用不亞於地方志，它的功能勢必勝過於地方事典，只因為書中隱藏著難以計數的浯島史料。而這些珍貴的史論，正是許多關心這座島嶼的朋友與浯鄉青年學子急欲獲取的知識。相信這本書的問世，除了能讓海內外的鄉親和讀者們，更深一層地瞭解金門的歷史文化與風土民情外，亦有它廣為流傳的普世價值。

然而，當我們回首重讀他那本充滿著大中國情懷的旅遊散文集《掬一把黃河土》時，我們的熱血就猶如料羅灣澎湃洶湧的海浪，久久不能平復。而現下的《金門農村器物》、《蠔鹽之鄉話西園》、《金門古井風情》、《再現浯洲風華》、《閩南民間信仰》、《先賢行跡采風》、《和平的代價》、《無言的證人》、《金門戰地史蹟》……，以及新著《浯洲場與金門開拓》等書，則讓我們的心彷若春雷乍響般地感到震憾。倘若作者沒有深厚的筆力與文學素養，或沒有歷經歲月的淬礪，他何能橫跨文學與文史的雙重領域。假若沒有刻苦自勵、竭力鑽研，他焉能書寫出近二十種各類書籍；又豈能參與學校「鄉土藝術活動」、「圖畫故事書」、「閩南話」等教材的編撰工作，與《續修金門縣志》、《金沙鎮志》、《金湖鎮志》等部分篇章的撰述。倘使腹笥甚儉、學無專精、知識貧乏，僅憑一個特師科畢業的退休老師，他怎能和兩岸三地的學者專家平起平坐參與各種學術研討會，並發表論文或專題演講；又哪能在諸多的研習場合擔任講師，為一些學歷比他高的學員授課。而受聘擔任各種比賽評審或參與文化資產審議亦不計其數，《金門農村器物》乙書更榮獲國史館台灣文獻獎。這些非凡的成就與得來不易的殊榮，都是黃振良老師以血汗換取而來的成果並非僥倖，我們必須給予肯定和祝福！

（原載二〇一〇年十一月廿六至廿七日《金門日報．浯江副刊》；金門縣文化局《金門季刊》第一一〇期摘錄轉載（二〇一二年五月））

遊子心　故鄉情

——試讀陳慶元教授《東吳手記》

（陳慶元著，金門縣文化局贊助出版出版，2011）

《東吳手記》是大陸著名學者，前福建師範大學文學院長、協和學院院長（現為博士生導師）陳慶元教授在台灣出版的第一本散文集。收錄於書中的作品，即使大部分都是他獲聘來台擔任東吳大學客座教授、授課之餘與師友互動或參訪的感想。然而，若從現代文學的角度來審視，則是一本知識性與可讀性兼備的散文佳作。倘使以現代人的觀點而言，或許會認為一位長年專攻古典文學的學者，其文章勢必都是文詞較深奧、文意較晦澀之作；甚至善於引經據典，文言多於白話。可是，當我們進入到《東吳手記》書中的意境時，呈現在我們眼前的，竟是一篇篇自然淳美、生動流暢的散文作品。就猶如浯島天空悠悠白雲，浯江溪潺潺流水，讓我們真正領略到散文創作藝術的美妙和魅力，以及有別於小說和詩歌等文類的獨特光采。

不可諱言地，散文是作家心靈最真誠、最赤裸、最直接的表白。儘管慶元老師生於廈門、長於廈門，直到大學畢業仍然說自己是廈門人。但是，當他從祖父遺留的族譜中，得知自己是金門烈嶼人時，一份血濃於水的故鄉情悠然而生。於是他在〈我的家鄉在烈嶼〉寫著：「水天盡處隱約可以見到如線的島礁，我的家鄉，就在如線的島礁之後，在水天的盡頭。那是一個神秘的，似乎是一個永遠也不可能揭開它面紗的地方。」即便內心有一份難以言喻的思鄉情愁，然而限於兩岸分治的因素，直到二〇〇二年隨著兩門對開，始有機會踏上故鄉的土地；而這一等，就等了五十三年，怎不教人潸然淚下。在該書〈小引〉中，老師毫不避諱地說：「鄉人愛我，我愛鄉人；鄉人鄉事，記錄稍多。」故此，這本書雖然是以《東吳手記》為書名，但書寫「鄉人鄉事」的比例為數不少，它也是筆者以「遊子心，故鄉情」來詮釋《東吳手記》的原由。

　　綜觀書中的三十五篇作品，正式列入「東吳手記」者有三十篇，其餘五篇為「附錄」。時間從「之一」的〈士林閒步〉（二〇〇七年九月廿三日）到「之三十」的〈卓克華《古蹟歷史金門人》序〉（二〇〇八年七月三十日），前後不到十一個月。空間除了座落於台北外雙溪的東吳大學外，更跨越台灣的十餘個縣市，可說北、中、南及東部都有慶元老師走過的足跡。然而，無論其行程是參訪或演講，抑或是參加學術研討會，幾乎都在匆忙中行走，可是老師卻能憑其敏銳的觀察，復透過縝密的思維，把親眼目睹的景物及接觸過的人與事，以其雄渾的文學之筆，在短短的十一個月裡，寫出三十篇、總字數約十餘萬言的散文作品，並陸續發表於報章雜誌，讓讀者們一起來分享，一位遠在台灣作客卻繫懷故鄉金門的大陸學者的誠摯心聲。

毫無疑問地，散文雖是一種最貼近現實生活的文體，但它卻不同於小說，是不能融入矯情和假象的，它講究的是寫真而不寫假。從《東吳手記》書中的三十餘篇作品中我們發覺到，無論慶元老師書寫的主題或欲表達的意象是什麼，完完全全是「真」與「實」的呈現。尤其在〈羅莎，我的野蠻舞伴〉這個篇章裡，老師簡直把強颱「柯羅莎」寫得既詼諧又生動，彷彿讓我們也置身在它的暴風圈裡。即使颱風帶來的大風大雨是老師旅台難得的經歷，但是老師卻以輕鬆的心情、幽默的筆調，把它當成「舞伴」來書寫，並風度翩翩地與其「共舞」，復以「野蠻」來形容它的強悍。當我們看到：「野蠻的舞伴，你絕沒有舞姿可言，但我懷念你的強悍，正因為你的強悍，我空前釋放了一個男人的熱力；也懷念你的野蠻，正因為你的野蠻，使我變得如此強悍。」一時，除了佩服老師的想像力和筆力外，也領會到老師在嚴謹的教學與學術研究後，亦有溫雅風趣的一面。

顯然地，若以嚴肅的文學觀點而言，《東吳手記》書中包羅的，何止只是單純的鄉人鄉事或是參訪的感受。慶元老師曾多次利用遠赴各大學演講或開會的機緣，除了尋機介紹故鄉金門的歷史文化與風土民情外，甚至還以「解嚴之後的金門文學」為題，為中正大學台灣文學研究所的博、碩士生作專題演講。不可否認地，受邀演講對一位學有專精的著名學者來說，確實是稀鬆平常的事。可是，當我們讀到老師〈在中正大學講金門文學〉這個篇章時，身為熱愛文學的金門人，內心的確有太多的感慨。

試想，金門旅台學人不知凡幾，但真正關注金門文學，或以金門文學議題向博、碩士生作專題演講的學者又有幾人？即便文學史家認為島嶼文學與主流文學尚有一段差距。但是，金門不僅有自己的歷史文化與風土民情，還有戒嚴軍管時期獨特的戰地文化和戰爭遺蹟，如此之題材，由當地作家來書寫、來詮釋，不是更能深入爾時的時空背景和說服力嗎？誠然，台灣多數文學史家均為學有專精的學者，可是，他們對金門這座歷經戰火蹂躪過的島嶼瞭解多少？對浯島的歷史文化與風土民情又知道多少？故此，當慶元老師與中正大學台研所、江寶釵所長對談的那席話，足可道出金門人的心聲：

如果說，許獬這些文學家是古代的文學家，可以暫且不論，那麼當代的文學家呢？金門當代的文學家又該怎樣定位？如果從文化的角度來審視，金門文化當然是閩南文化的一個組成部分；如果從行政轄區和意識形態來考量，金門文學應當是台灣文學的一個分支，無論是大陸的學者還是台灣的學者，我想，對這個問題肯定不會有分歧。現在，我以兼有大陸學者和台灣東吳大學客座教授的雙重身分來看這個問題，也許更為客觀。我覺得，在研究台灣文學時，不應當遺落金門。

看完這一小段，我們不得不佩服慶元老師的見解和用心，也不得不感謝他為金門文學發聲。而江寶釵所長非僅認同他的說法，也在總結時告訴博、碩士生，希望他們能從慶元老師的演講中得到啟發，甚至還建議他們說：「大家不是經常說選題很難嗎？金門文學為什麼不能選呢？」而且還承諾將來在撰寫《台灣文學史》時，會考慮加上一章

〈離島文學〉，把金門文學也寫進去。

經過慶元老師登高一呼，或許不久的將來，勢必會有更多的學者專家或各大學的博、碩士生，對金門文學產生濃厚的興趣而投入研究。由此，我們不難發現到老師對島鄉的愛和關懷，以及對金門文學的關注。近年來，更有多位縣籍知名文史作家與社會人士，相繼考取福建師範大學中國古典文獻研究所博士班，並由慶元老師親自指導，相信他們必能從老師的授業中，獲得無窮的知識。一旦學成，勢將投入浯島古典文獻整理與研究，這不僅是金門之幸，亦是浯島之福，慶元老師功更不可沒。

誠然，豐富的人生閱歷是一個作家不可或缺的基本要素，然而，若沒有敏銳的觀察與縝密的思維，焉能書寫出撼動人心的作品。即便慶元老師在東吳大學擔任客座教授僅短短的一百二十餘天，除了授課外，讓人深感訝異的是，他竟同時在這段時間裡，寫出三十篇知性與感性並駕齊驅的散文作品。而且落筆明快、文字簡潔，看不出有一點矯情和虛假，有的盡是真實人生的體現，這毋寧是《東吳手記》書中最大的特色，也是老師獨特的書寫風格。於此，更能凸顯出老師人生閱歷之練達，觀察之細微，以及異於常人的記憶力和豐富的想像力。當《東吳手記》申請金門縣文化局一〇〇年贊助地方文獻出版補助時，更獲得全體審查委員無異議地通過，其文筆與水準可見一斑。相信這本書的出版，必能引起海內外華文讀者閱讀的興趣，以及廣為流傳的普世價值。

慶元老師除了是一位治學嚴謹的學者，亦是一位不求聞達之謙謙君子，為人處世更有其獨到的一面。老師先後任教於山東大學、復旦大學、福建師範大學，以及台灣東吳大學等校，其在魏晉南北朝文學及地方文獻學研究方面，成果豐碩、獲獎無數。主要著作有：《中古文學論稿》、《沈約集校箋》、《福建文學發展史》、《蔡襄集校注》、《詩詞研究論集》、《嵇康傳》、《賦：時代投影與體制演變》、《文學：地域的觀照》、《三曹詩選評》、《謝章鋌集》等二十餘種，可說是位著作等身的學者，亦同時擔任中國語言文學一級學科博士授權點負責人，兼中國古代文學博士點負責人。並曾任福建省金門同胞聯誼會會長、福建省文學會會長、福建省人民代表大會代表等職務。無論其治學態度或參與社團活動，無不以身作則、全力以赴，也因此而獲得各界肯定與敬重。

筆者雖於兩門對開後始與慶元老師相識，但多年來彼此以誠相待，早已衍生出如兄如弟之深厚情誼。每次會晤，無論是切磋文學、砥礪品格，或閒話家常，都能從其言談中獲得諸多啟發，可謂是余之良師益友。日前由其博士班門生葉鈞培君轉來老師電子郵件，囑咐余為其新著《東吳手記》作序。雖蒙老師厚愛，惟余所受教育有限，不學無術，即便在文壇耕耘數載，則仍舊處於學習階段，故此，焉能自負不淺，為老師新書作序。然而，忝為老師知己，倘若不受抬舉，未免過於虛假與失禮，於是在拜讀老師大作之後書寫此文，謹向老師致敬，不敢言序。

（原載二〇一一年六月二日《金門日報・浯江副刊》，《金門宗族文化》一〇〇年冬季（第八期）轉載，福建省漳州師範學院閩台文化研究所《閩台文化交流》（季刊）於同年第三季（二十七期）轉載，金門縣文化局《金門季刊》第一〇七期轉載（二〇一一年十一月））

不向文壇交白卷

——《金門文藝》的前世今生

當《頹廢中的堅持》付梓後，我突然想到，在我平庸的人生歲月裡，還有一樁隱藏在我內心數十年的重要事宜，必須向讀者諸君做一個明確的交代，那便是一九七三年（民國六十二年）和友人共同創辦的《金門文藝》雜誌。

不可諱言地，三十餘年來，對於這段既令我自豪卻又感到沉痛的往事，我始終把它隱藏在心靈的最深處，雖然在我的長篇小說《失去的春天》略微地提起過，但始終未曾正式地把它訴諸於文字做成記錄。當年曾參與編務的老友白翎說過無數次，要我尋機把這段歷史向讀者們說清楚講明白，以免隨著年華的老去，化成一縷繚繞的雲煙，在人間消失得無影無蹤；果真如此的話，勢必讓關懷這段歷史的讀者們感到惋惜，也會讓浯鄉文學史留下一個不完整的紀錄。故此，在我腦未昏、手未顫，身體尚能負荷的現下，只好憑著有限的記憶，把當年創辦《金門文藝》的點點滴滴，透過笨拙的手筆，將它原原本本地呈現在諸君面前。然而屈指一算，這段歷史迄今已整整歷經三十六個年頭，我亦從當年朝氣蓬勃的文藝青年，成為今日即將回歸塵土的老年，限於個人的學識、腦力與涵養，謬誤、疏忽或憤激之處在所難免，務請諸君指正和寬容。

回顧一九七二年（民國六十一年）六月，當我的第一本文集《寄給異鄉的女孩》由台北林白出版社出版後，想不到這本青年時期的生澀作品，竟能在短短的二個月內再版。它帶給我的並非只是庸俗的名或利，而是一種無形的鼓勵。翌年，我的長篇小說《螢》在《正氣中華日報·正氣副刊》連載完畢後，亦於六月由台北林白出版社出版，雖然銷售狀況不如《寄給異鄉的女孩》，但卻增加我無比的信心，以及對文學的狂熱。於是我竟自不量力地興起辦一份文藝雜誌的念頭，一方面可以讓在地文友們多一個發表的園地，另方面可以與熱愛寫作的朋友們相互切磋。當我的構想提出後，隨即得到《正氣副刊》主編謝白雲（孟浪）先生的認同，也獲得金門縣政府視導詩人明秋水先生與在金服役的前輩作家謝輝煌、文曉村、金筑……諸先生的鼓勵，以及在地文友的呼應。

過後，我開始以書信連繫諸文友，並很快地凝聚共識，決定以同仁結社、園地公開的方式來籌辦這份刊物，預計羅致十位文藝同好擔任編輯委員，除提供稿件外，每期每人必須贊助出版經費新台幣三百元，並以《金門文藝》為雜誌名稱，每三個月出版一期。同意擔任編輯委員計有：谷雨（黃振良）、林野（林媽肴）、楊筑君（牧羊女）、陳能梨（陳亞馨）羅曼（許伯銘）、陳瓊玉、黃龍泉、趙瑞

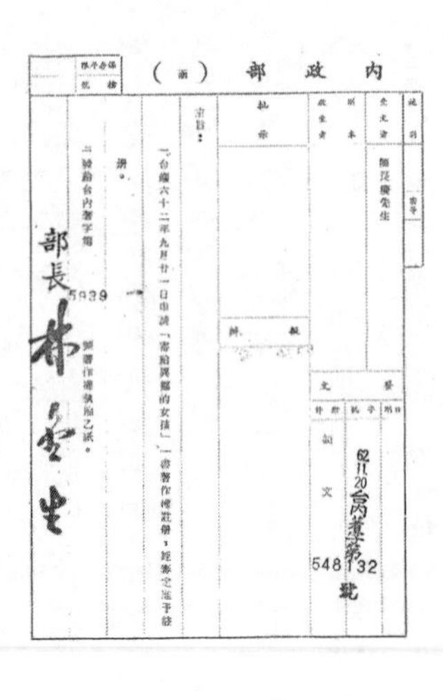
內政部（函）

受文者：陳長慶先生

主旨：
一、台端六十二年九月廿一日申請「寄給異鄉的女孩」一書著作權註冊，經審定准予註冊。
二、檢給台內著字第5939號著作權執照乙紙。

部長 林金生

發文：62.11.20 台內著字第548132號

弟、周平，以及筆者等十人，並請《正氣副刊》主編孟浪先生擔任顧問兼編輯委員會指導人。除周平先生為政委會中校秘書外（周未調秘書前曾在政五組與筆者共事），餘均為本地青年文友，部分編委因具有公教職身分，恐有不必要之困擾，故而用筆名。

可是，理想歸理想，想辦一份雜誌談何容易，理想與現實往往相差十萬八千里，即使印刷費與稿件都有了著落，但必須依法向行政院新聞局申請「新聞雜誌出版事業登記證」，始能合法出版發行。雖然我很快地央請台北的友人專程到市政府福利社為我購買「申請書」，以及蒐集相關法令供我參考。然而當所有的資料寄到我手中時，真正

的問題也跟著到來。依據出版法——

第九條：

一、「新聞紙雜誌發行之登記程序」：新聞紙或雜誌之發行，應由發行人於首次發行前，填具登記申請書，報經該管直轄市政府或該管縣（市）政府，轉報省政府，核與規定相符者，准予發行，並轉請行政院新聞局發給登記證。登記申請書應載明之事項：一、名稱。二、發行旨趣。三、刊期。四、組織概況。五、資本總額。六、發行所及印刷所之名稱及所在地。七、發行人及編輯人姓名、性別、年齡、籍貫、經歷及住所。

二、「發行旨趣之載明」：必須符合闡揚基本國策，激勵民心士氣之旨，並應在登記申請書上，就其目的、性質、範圍具體說明。

上述的「登記程序」與「發行旨趣」，只要費點心思填寫清楚，

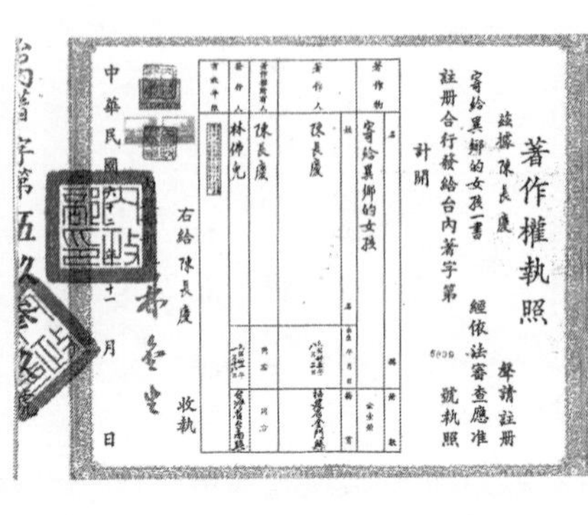
著作權執照

茲據陳長慶 聲請註冊
寄給異鄉的女孩一書 經依法審查應准
註冊合行發給台內著字第 號執照
計開

著作物	寄給異鄉的女孩
著作人	陳長慶
發行人	陳長慶
著作財產人	林佛兒

右給陳長慶 收執

中華民國 十二 月 日

應該不會有問題的。

第十條：

「資本數額之標準」：一、報社一百萬元以上。二、通訊社十萬元以上。三、雜誌社十萬元以上。四、出版社十萬元以上。前項資本額，邊遠貧脊地區，得由地方政府斟酌情形，函請行政院新聞局核減之。

看完這條條文，簡直讓我傻了眼。「雜誌社」竟要「十萬元以上」，不要說「以上」，就連最起碼的一萬元一時也難以籌措，遑論是十萬元。以當年的物價指數而言，我這個四等二級經理每月薪餉八百元、職務加給五百元、副食補助三百元、眷補費二百六十元，合計為一千八百六十元，不吃不喝也要五年才能存足十萬元。而諸同仁除了擔任中校秘書的周平與擔任教職的谷雨（黃振良）、林野（林媽肴）、羅曼（許伯銘）、黃龍泉等人，每月約有二千餘元外，其他人的經濟又能好到哪裡去？即使有此能力的人，勢必也會把錢儲存在銀行生利息，誰又願意拿出這筆錢，來辦這份既是玩票又鐵定血本無歸的雜誌？因此，十萬元的資本額，也是我們首先要面對的大難題。

第十二條：

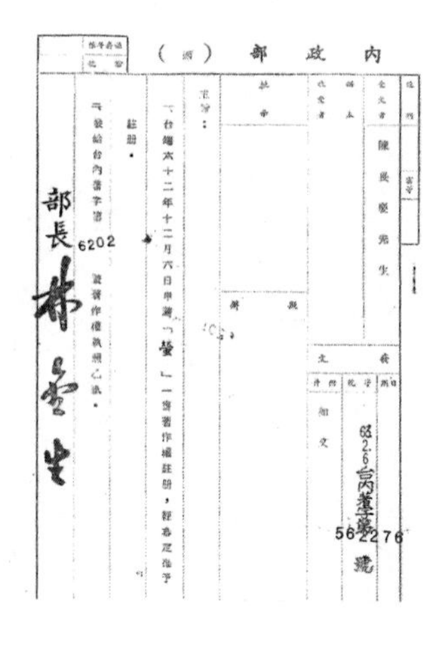
內政部（函）

受文者：陳長慶先生

發文 日期 63.2.6 字號 台內著字第562276號

主旨：

一、台端六十二年十二月六日申請「螢」一書著作權註冊，經審定准予註冊。

二、發給台內著字第6202號著作權執照乙張。

部長 林金生

「合格之新聞紙或雜誌發行人」：出版法第九條第三項第七款所定登記申請書應載明之經歷，如為新聞紙或雜誌之發行人時，以具有下列資格之一，並持有合法證明文件者為合格：一、曾為新聞紙或雜誌之發行人者。二、在公立或經教育部認可之國內外大學、獨立學院或專科學校畢業者。三、經高等考試或相當高等考試之特種考試及格者。四、有關新聞出版之學術著作，經著作權主管官署核准著作權註冊者。

在十位編輯委員中，周平是「政戰學校」政治系畢業，黃振良、林媽肴、許伯明、黃龍泉為特師科畢業，楊筑君、陳瓊玉、趙瑞弟為高中畢業，陳能梨國中畢業，而我只有初中肄業，除了周平外，餘均無擔任發行人之資格。然而周平係軍職，若非外調政委會秘書，諒必也不敢掛名為編輯委員，且隨時會調離這座島嶼，與金門又沒有特別的淵源，而《金門文藝》則必須長存於這塊土地，當初之於邀他參與，純粹是為了每期三百元的贊助經費，倘若由他擔任發行人，亦非在地文友所願。當我看完相關法令，就如同被澆了一盆冷水，要錢沒錢、要人沒人，如此嚴苛的條件，《金門文藝》勢將胎死腹中，絕對辦不成了。但我並沒有因此而灰心、失望，試圖從條文中再尋找生機。當我看到——

第十三條：

「合格之各類出版業發行人」：出版法第十六條第二項第五款所定登記申請書應載明之經歷，如為各類出版業之發行人時，以具有下列資格之一並持有合法證件者為合格：一、曾為新聞紙或雜誌之發行人者。二、在公立或經教育部認可之國內外大學、獨立學院或專科學校畢業者。三、經普通考試或相當於普通考試之特種考試及格，曾任出版事業編輯工作三年以上，並向地方主管官署報備有案者。四、有專門著作經著作權主管官署核准著作權註冊者。

從這條條文看來，雖然大部分規章都與新聞雜誌發行人相同，我這個初中肄業生可說連邊都沾不上，遑論夢想當發行人。然而，當我詳閱該條文第三款時，雖然它針對的是「出版業發行人」而非「新聞雜誌發行人」，在諸同仁不便擔任發行人的前提下，我決定親上

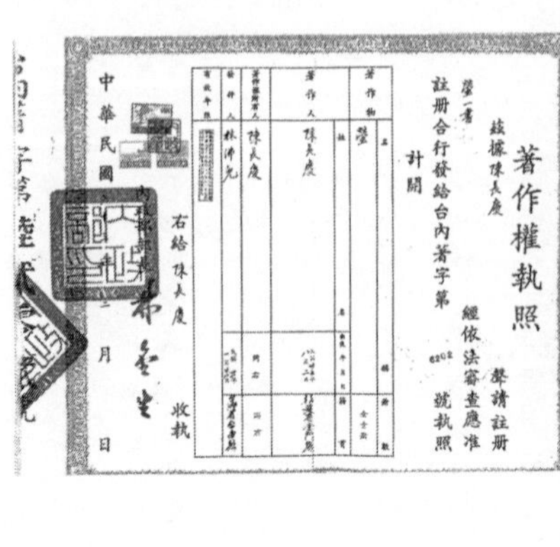
著作權執照

茲據陳長慶 聲請註冊
螢一書 經依法審查應准
註冊合行發給台內著字第　號執照
計開

著作物	螢
著作人	陳長慶
著作權所有人	陳長慶

右給 陳長慶 收執

中華民國　年　月　日

火線，抱著碰碰運氣的心態為之。雖然我不具備普通考試或相當於普通考試之特種考試及格之資歷，但第三款的尾段卻有：「曾任出版事業編輯工作三年以上，並向地方主管官署報備有案者。」對於這點，我似乎可以請台北的友人相助，出具一張相關的證明文件來試試看。倘若審核真是那麼嚴苛而過不了關的話，也就算了，我只是花費了一點時間而已，並沒有損失什麼。

於是我開始與台北的友人連繫，並請求設法幫忙。幾天後，《小說創作》主編王怡先生寄來一張證明書，內文清楚地寫著：「茲證明陳長慶君於民國五十八年元月起至民國六十一年十二月止，擔任本社編輯委員屬實。」至於有沒有向地方主管官署報備，諒必新聞局也不會逐一去查證。王怡先生之於願意幫這個忙，其主因可能是肯定我們想在家鄉辦一份文藝刊物的心志。對於先生當年的鼎力相助，迄今仍讓我感激在心。可是繼而地一想，倘若以嚴肅的道德標準來審視，以一份不實的證明文件來達到申辦的目的，確有值得商榷的地方，雖非惡意，然則不當，但願諸君能體會我當時想辦這份刊物的困境和心情。

當我工工整整填好三份「新聞雜誌事業登記申請書」後，必須再面對十萬元創社資金的棘手問題，而這筆錢不知該到何處去籌措？的確讓我陷入前所未有的難題。經過打聽，只要檢附銀行的存款證明即可，並非要以現金送審。正當我為此事傷神時，突然想到，我主管的福利站因業務需要，曾以我的名義在台灣銀行開了一個活儲的帳戶，當天的營業收入必須於次日送存，進貨時再提領出來，裡面至少也有幾萬元。我似乎可以請台灣銀行幫我開具一張存款證明，況且只是存款證明而已，我並沒有挪用公款，銀行也無權詢問我的用途。然而，帳戶裡的存款屬於活儲的流動資金，進出頻繁，鮮少達到十萬元以上，存摺亦由會計保管，我也不能要求營業部暫時不要進貨，把金額累積到十萬元讓我打張存款證明再說。

出版法第十條「資本數額之標準」裡，有一則「前項資本額，邊遠貧脊地區，得由地方政府斟酌情形，函請行政院新聞局核減之。」一金門絕對是名符其實的邊遠貧脊地區，在我的想法裡，假如按規定先函請核減，除了多一次手續外，也會引起相關單位特別注意，一旦過不了關，勢必是功虧一簣、全無指望。因此我決定不先函請核減，就以不足十萬元的存款證明單附於其中，能否申辦成功，我不敢寄予厚望，它的命運就由行政院新聞局來決定吧。況且，我們申辦的只是一本小小的「文藝季刊」，每期的印刷費用只不過三千餘元而已，又何須那麼龐大的資金做資本。於是我依規定檢附「新聞雜誌事業登記申請書」三份、「編輯工作證明書」、「銀行存款證明單」各乙份，並附上《寄給異鄉的女孩》與《螢》二本著作來補強發行人資格的不足。如果早知道有「專門著作經著作權主管官署核准著作權註冊者。」這條條文，即便我出版的那兩本書均非理論性的專門著作，畢竟與文學有所關聯，一旦附有內政部的著作權執照，或許更具說服力。

儘管最後的核定權是行政院新聞局，然而必須先經過地方政府的審核，復以金門戰地政務委員會的名義，函請國防部戰地政務處轉新聞局核發登記證。由此可見，想在戒嚴地區、戰地政務體制下辦一份刊物談何容易。當我依規定檢附所有文件送到縣政府時，如果我沒猜錯，承辦人員對於出版法也是一知半解，並沒有發現我申請登記的是「新聞雜誌發行人」而實際檢附的則是「出版業發行人」的相關資料，不足十萬元的銀行存款證明似乎也不重要，唯一的問題是「安全有顧慮」，這種論調明眼人都知道，它絕對是出自那些承辦安全業務人員的會辦意見。於是我帶著縣政府回覆我的簡便行文表，親自到「政戰管制室」晉見主任（時兼政委會秘書長），縣政府那些官員經過秘書長的「關切」後，原本「安全有顧慮」竟也改成「無安全顧慮」。然而在惱羞成怒的當下，並沒有就此罷休，幾天後又來了一份簡便行文表：「經查陳長慶君為軍中雇員，具有軍職人員身分，依法不得擔任雜誌發行人。」我很快地把詳情向組長報告，並擬稿請組長批示，以政五組簡便行文表回覆：「經查陳長慶係本部編制外雇員，並不具軍職人員身分。請查照。」

雖然，縣政府承辦人員沒有再要求我補送什麼資料，但層層關卡卻極待突破，即使有主任的關切，我還是放不下心，不管成或不成，總希望能早日得到結果，內心難免會有等待時的緊張。如此地折騰了好幾天，我竟厚顏地請主任辦公室秘書代為打聽它的下落，得到的是「已經轉報出去了」。當我聽到這個消息時，的確是精神一振、情緒激動，內心興奮的程度不言可喻。於是我開始整理預約來的稿件，並開始編輯，如果新聞局能在我發稿時核發登記證那是再好不過了，倘若不能如願，我可以仿照台灣一些新創刊而尚未取得登記證的雜誌，以「本刊正依法辦理登記中」先行出版發行。萬一新聞局認為我資格不符而退回我的申請，《金門文藝》第一期也是最後一期，絕不再無謂地浪費時間與精神。

第一期《金門文藝》計有文曉村先生的「專論」，金筑、周平、心銘、筱牮、顏炳華等人的「詩」，藍琦、謝輝煌、江朔峰、陳亞馨、趙瑞弟、牧羊女、陳瓊玉、落梅風、林野、曉暉、汎凌等人的「散文」，林媽肴、陳亞白的「小說」以及筆者的「創刊詞」與「編後記」，連同目錄總共是六十頁，內容有詩、散文、小說與專論，可說麻雀雖小五臟俱全。封面由任教於烈嶼卓環國小的編輯委員黃振良先生所設計。我在〈寫在金門文藝出刊之前〉記下：

歷經多少波折，歷經多少心靈上的風霜雨雪，《金門文藝》終於誕生在這座神聖的英雄島上。沒有顯赫做我們的擋箭牌；沒有般商做我們的後盾，有的只是金門青年的熱血。相信它能一期一期地辦下去，能把季刊變月刊，好讓文藝的幼苗在金門島上成長和茁壯！或許，我們不能收獲到辛勤耕耘的全部果實，但是我們相信下一代一定會得到的。因而，我們必須心甘情願地為我們的子子孫孫而耕耘，絕不中途停頓……。

出刊日期訂為：中華民國六十二年七月一日，社址並不能設在我服務的單位，而是我的老家——金門縣金沙鎮碧山村三十六號。預定每期印刷一千冊，規格為三十二開本，零售每冊拾元。當我編輯完稿交由

「台北三源圖書印刷公司」印刷時，仍然見不到新聞局核發的出版事業登記證，只好在封底印上：「本刊正依法辦理登記中」的字樣，以免讓安全單位找麻煩。三源圖書印刷公司約一個月內，就把這本看來不起眼的雜誌印妥寄達我手中，內心興奮的程度難以言喻。我很快地分送給每位編輯委員十本，並向他們收取三百元的印刷費，也同時在地區各書店寄售。儘管它待加強、待改進、待努力的地方仍多，但終於有一本真正屬於金門人編印出版的文藝雜誌，諸同仁興奮的心情和我沒兩樣。即使這本小小的文藝刊物不能代表金門，然而相信它的創刊，會在金門文學史上留下一個歷史記錄的。至少，我們曾經付出過辛勤耕耘的代價，勢必為走過的留下痕跡。

可是好景不長，警察局保防課長在書店看到這本尚未取得登記證的《金門文藝》時，曾放話要查禁，當我從友人處得知這個消息，的確是氣憤難忍。於是我帶著雜誌又一次地晉見主任。主任看過後誇說編得不錯，我竟激動地說：「報告主任，編得不錯有什麼用，警察局保防課長說要查禁！」主任問過原委後安慰我說：「你們不是已載明『依法辦理登記中』嗎？像這種純文藝雜誌，他們不敢查禁啦！又不是什麼黨外雜誌、黃色書刊。」聽完主任的開示，彷彿讓我吃了一顆定心丸。果真，保防課長只是放話嚇嚇我們這些小老百姓而已，並沒有採取進一步行動。在我的猜想裡，似乎也有這種可能，儘管他們大權在握，但畢竟人上有人、官上有官，懂得識時務這個道理。或許會先透過保防系統，打聽這本雜誌創辦人的背景關係，惹不起的他們會張一隻眼、閉一隻眼，倘若是一般平民百姓，絕不會放過，這就是戰地政務體制下小老百姓的宿命，又能奈何？主任似乎也成了我創辦這本雜誌的靠山。

九月，行政院新聞局以局版台誌字第零零肆玖號核發金門地區第一張民間「出版事業登記證」，至於是如何審核通過的，我不得而知，可能是充分尊重地方政府的審核權。儘管戒嚴時期地區訂有許多單行法，除了東管制、西管制外，地方政府較敏感、較注重的則是「安全」與「保防」問題，或許只要申辦的不是「黨外雜誌」或「為匪宣傳」的刊物，再經過相關單位「無安全顧慮」的背書，就可以從寬認定吧。既然登記證已在我手中，其他事宜就姑且不去作無謂的推論。在興奮的同時，我必須以一顆虔誠之心，感謝金門縣政府在秘書長的「關切」下特別通融，感謝國防部戰地政務處無異議地核

行政院新聞局出版事業登記證

局版臺誌字第　　號

茲據　陳長慶　依照出版法聲請登記經核合於規定准予發給登記證

名　稱　金門文藝雜誌

發行人姓名　陳長慶

發行所名稱　金門文藝季刊社

發行所所在地　金門縣

右給　陳長慶　收執

局長　錢復

中華民國六十二年九月　　日

轉，感謝行政院新聞局在充分尊重地方政府的前提下，從寬認定並核發登記證。

登記證明確地記載著：

茲據陳長慶依照出版法聲請登記經核合於規定准予發給登記證

名　　稱：金門文藝雜誌

發行人姓名：陳長慶

發行所名稱：金門文藝季刊社

發行所在地：金門縣

右給　陳長慶　收執

局長　錢　復

中華民國六十二年九月　　日

雖然登記證已核發下來，但第二期應於十月一日出刊，九月初必須截稿送印，故而趕不上把登記證字號印上去，仍舊以「本刊正依法辦理登記中」來處理。即便如此，我們已取得新聞局合法的登記證，心中只有暗喜，沒有任何壓力，更不怕因沒有登記證而被查禁。該期由編委江朔峰（黃振良）先生擔任執行編輯，編輯委員有部分異動，周平先生由任教於金沙國中的夫人兆家瑞老師取代，黃龍泉先生由鄭寶玉小姐取代，餘則不變。頁數也由第一期的六十頁增加到七十二頁，內容我們可由江朔峰先生執筆的〈編後記〉得到印證。

> 第一期在時間的催促下草草付印，不論是內容的編排，稿子的搜集方面，都是臨時性的工作，我們感謝很多人給予我們的指導與批評。
>
> 預料中的第二期是比前期好，三個月的準備雖不能把以前的缺點全部改進，只要愈來愈少，就是我們的願望，同時我們更時時在接受各位讀者的鼓勵，支持與指教。
>
> 本期許收入散文十四篇，詩十二首，四篇小說，四篇論述性的文字。難得的是縣府視導明秋水先生和詩人司馬青山，也在

本期內惠賜稿件，使本期增光不少。

這一期起我們闢出一個專欄——就文論文，凡本刊所刊過的任何一篇作品，皆可提出來評論，有鑒於批評文字的缺乏，本刊的這一項舉動是別有用意的。但我們所堅持的原則是——「就文」而「論文」，歡迎這一類的文字在本刊出現。

由於個人欣賞的尺度不同，我們不想在這兒推信和貶摘，好壞在於讀者自己。

我們不忍讓別人說金門的文藝刊物稀少，更不忍眼睜睜的看一棵棵的文藝幼苗夭折。我們的幼苗太多了，幾年來，無數的人站在起跑線上，但有幾人跑到終點呢？這是本刊創刊的初衷。一在延續原有的生命，一在催促幼苗的新生。

辦好一份刊物很不容易，尤其是私人自資創辦的，也正如此，所以我們除了歡迎賜稿外，更需要各位的支持與鼓勵。我們所要的支持是雙重的——精神的和物資的，精神的是批評指教，物資的是購買。

不但是你，我們也是，希望一期比一期好。

本期執筆詩人與作者計有：明秋水、司馬青山、江朔烽、余冀魯、谷雨、郭鍥、陳能梨、兆家瑞、黃龍泉、陳若冰、心銘、李榮川、謝輝煌、曉暉、金筑、曉龍、海倫、林野、陳亞白、陳亞馨、陳瓊玉、洪巧女、落梅風、牧羊女、黃晨鐘、微風、林嫣肴、楊筑君與筆者等人，可說老中青三代都有，儘管內容水準參差不齊，但並沒有背離文學。當新聞局於六十二年九月核發「出版事業登記證」後，內政部亦於同年十一月發給《寄給異鄉的女孩》台內著字第5939號著作權執照，六十三年二月發給《螢》台內著字第6202號著作權執照，這三張證照無論對我個人或這座島嶼來說，都是一項新的記錄。

第三期起由玉簞秋（黃長福）先生擔任執行編輯，雖然他不是本社同仁，亦非編輯委員，但我們採取的是開放式的編輯群。不管是誰，只要對文學有興趣，卻認同本刊，並有心為《金門文藝》貢獻一份心力，隨時歡迎加入我們的行列，共同來耕耘這塊曾經被稱為是文化沙漠的文

藝園地。本期新加入兩位編輯委員佚名與王建裕兩位先生，封面由李宗丁先生設計。執筆作者除了老面孔外，其中：藍峰、王建裕、牧童、亞吟、林桂彬、許丕昌、雁南飛、虞子輝、叮噹、林林、鬱影馨、佚名等人，為第一次和讀者們見面。許丕昌服務於金中師政二科，是《創世紀》詩社的成員，也是知名的詩人和作家。該期的內容，我們概略地可從玉簟秋執筆的編後語〈賣瓜者言〉看出一些端倪。

本期出版欣逢六十三年春節，謹以此本刊物，做為本刊同仁呈，獻給大家的一份小小的獻禮，敬祝您新年愉快！改進缺點是我們一貫最重視的工作，願您隨時提供您的寶貴意見，「把優點告訴大家，把缺點告訴我們」，以促進《金門文藝》的茁壯、成長。

園地公開更是我們一貫的作風，《金門文藝》是屬於您和大家的園地，願您加入我們的行列，共同來耕耘、灌輸《金門文藝》，以求達到文藝綠化金門的目的。

本期共收入論述四篇、詩六首、散文十二篇、小說五篇及一封讀者對我們的建議文字。感謝王嘉成先生對本刊的愛護，更感謝各位賜稿的作者們，以及諸多愛護本刊的讀者，您的支持與愛護，是我們精神上的力量，讓我們共同努力培養這株文藝幼苗吧！

在幾度燈光與鏡光交織，心力與腦力交瘁下，我們把這本刊物奉獻於您，在這裡面，您可發現我們努力的心血，及極力做到最好的程度。但是，我們還是需要您的繼續支持與愛護！不論是精神的，或是物資的。

我們不想做多餘的「饒舌」，當您細心地去欣賞，您會發現《金門文藝》的前程，是極其光明、遼闊的。

從本期起，我們在版權頁也正式印上：「行政院新聞局出版事業登記證局版台誌字第0049號」等字樣。

關於《金門文藝》銷售方面，第一期出刊後，我們曾利用關係，透過《文壇》月刊社長穆中南先生的引介，逕行與台北遠東書報社接洽，由其代理全國總經銷之業務。當遠東書報社負責人看到這本毫不起眼、卻定價只有拾元的迷你形雜誌時，勉為其難地答應代為發行。我很快地以郵政包裹寄上五百本，二個月後退回四百七十五本，實售二十五本，以六折計算，得款一百五十元正。第二期出版時，我依舊寄上五百本，卻遭遠東書報社悉數退回，並附單言明不再經銷，如此的命運，我似乎早已料想到。在商言商我們也不能怪遠東書報社現實，只怪這本雜誌的分量和水準都不夠，不能引起讀者的注意和青睞。

而在地區各書店銷售的數量比遠東書報社還慘，只有個位數。幸好，金門縣政府視導兼《今日金門》月刊主編明秋水先生，為了體念我們創刊的艱辛，以及肯定我們為這本刊物出錢出力默默奉獻的精神，除了惠賜大作外，更簽請羅漢文縣長批示，訂閱本刊三十本分送各級單位，為期一年。我們也以長期訂戶全年四期三十五元的優惠價計算，計得款一千零五十元正，這兩筆款項也是《金門文藝》唯一較大筆的收入。至於當初約定每位同仁每期贊助三百元，除了一、二期正常繳交外，從第三期開始，重擔已慢慢地加諸在我這個發行人兼社長的身上，往後的印刷費用，可說大部分均由我個人負擔。《金門文藝》雖然訂了價錢，但幾乎都成了免費贈閱品。印刷亦就近改由《金門日報社》印刷廠承印，並以宋體六號字排版，以節省費用。

第四期編務依然由玉簟秋（黃長福）先生負責主編，封面由他親自設計，稿件亦由他邀約、選取，全體編委對於當期的執行編輯絕對完全尊重，身為發行人兼社長的我，也未曾就編排或稿件的事宜而加以干涉。六十八頁的篇幅雖然有限，但黃長福先生仍然秉持著我們辦這份刊物的初衷，不斷地提攜和鼓勵新人加入創作的行列。第一次出現在第四期的作者計有：蕭郎、煙影、泉雨流、洪青蓮、周福林、山靈子、楚

輿、黃曉影、許長仁等人。時洪青蓮小姐為《今日金門》月刊記者，該刊於六十一年十月三十一日創刊，其登記證為「內版台誌字三七七〇號」係內政部所發，主編明秋水先生為著名詩人，擅長長詩創作。在南雄師服役的許長仁先

生亦為知名作家，退伍後創辦《仙人掌》雜誌，深獲好評。

第五期推出的是「創刊周年紀念專輯」，封面由旅台知名畫家藍一峰（林世英）先生設計，執行編輯仍舊是玉簟秋（黃長福）先生。首次出現在本期的作者計有：喬洪、翁瑞媛、舒歌、吳水澤等人。我則以〈誌〉來抒發當時的心情：

曾經，我們說過，要心甘情願地為我們的子子孫孫而耕耘。一年，一個腳印，也是我們的起步。雖然它只是文藝園地裡的一粒小沙，可是一經時代的真光照耀，也就會多采多姿，給文壇平添無限的美景，給金門青年留下永恆的懷念！

本期最大的特色是四篇慶賀《金門文藝》周年而寫的賀詞，分別是：明秋水先生〈雨中的新市里〉——慶賀《金門文藝》創刊周年而作，文曉村先生〈永懷金門〉——賀《金門文藝》一周年，金筑先生〈植樹〉——賀《金門文藝》季刊創刊周年，洪青蓮小姐〈端午時節的憶念〉——為《金門文藝》創刊周年而作，等四篇極其重要的作品。時隔三十五年後的現下，明秋水先生與文曉村先生已先後離我們遠去，去到一個遙遠的地方。金筑先生雖仍活躍於文壇，但已八十二高壽，當年青春艷麗的《今日金門》月刊記者洪青蓮小姐，雖然同在這座島嶼，卻已三十餘年未曾謀面，想必也是兒女成群了吧！如今，歲月遞嬗，人事已非，昔日的情景歷歷在目，而人生又有幾個三十五年？不僅讓人有無限的感慨，卻也讓人感傷。

明秋水先生早年的詩作，曾收錄在《中國現代新詩奇葩》乙書裡，儘管〈雨中的新市里〉不是他的代表作，可是對《金門文藝》而言，則有不同的意義。三十餘年來鮮少再在報章雜誌見過明先生的作品，〈雨中的新市里〉或許是他生前創作的部分長詩之一。為了保存這份珍貴的史料，請容我把這首一百零四行的不巧之作抄錄如下，除了與海內外讀者們共享外，也為苦難中的《金門文藝》，留下一點珍貴的歷史記錄。現在我們請看明秋水先生——

〈雨中的新市里〉

——慶賀《金門文藝》創刊周年而作

從刺繡的針縫中／流覽白濛濛的一片／在似幻似真之間／飄逸的神態掩蓋了一切／橫撞衝刺的海棉／奔騰翻滾的雲浪／不斷變換的沙罩與竹簾／漫天滿地的肥皂泡沫——即現即滅／視野填滿了懵懂／難識難辨所找尋的方向／模糊變成心腦中的統治／卻不願放棄與徬徨的纏鬥／撐開濕透了的眉睫／擺出頂逆風拉牽的姿容／朝向這陌生的小鎮／撿拾已失去的舊夢／護城河上袒胸的水泥橋／瞬息現滅著密密麻麻的水窩／河岸沐浴過的樹枝／在風中作旋迴自如的搖曳／點點滴滴的思維／奇奇怪怪的遭遇／片斷片斷的回憶／結伴著無數個腳的泥印／結伴著五十三年來的滄桑／與這一顆未死的雄心／作返老還童的實驗／跟詩神作破鏡重圓的祈禱／談天樓的湯圓／撐不開已經緊縮的腸胃／玫瑰餐廳的蹩腳冷氣／孵出的都是些東倒西歪的醉鬼／無數盞嘻戲的走馬燈／旋轉在彈子房的球檯／侍女穿梭的冰果店／冰塊總澆不熄這熊熊的心火／一切在風中撩起了衣裙／在雨中消失它的倩影／低頭抖一抖落

拓的青衫／從身上滾落無數滴的水珠／那是熱汗，還是淚痕／風雨，如故人重逢／風雨如千軍萬馬／風雨，嚮導著詩魂，磨過寂寂的長巷／磨過無數柱瀑布的屋簷／去逢迎公車處前的車水馬龍／像在西子，像在金陵，像在漳廈／曾把熱情化為風雨／作過多少次忘我的犧牲／作過多少次知音的探訪／都抵不上這小鎮的激情聖景／與這群忘年的筆耕／這群沒有上過勢利天秤的傻人／帶一股無價的天真／帶一身勇往直前的蠻勇／來作為必然虧本的投資／寫吧！一如頂得住風雨的新市里／從耐得住寂寞中新生／征服了風沙濯濯的荒漠／為現代的精神文明打下地基／願施捨一次神交的吻／長留一截永磨不朽的情／好讓禿廢已久的筆尖／能蘸上打金門文藝的墨汁／為二十幾年的荒蕪，寫出自己的新生／而重踏文藝園圃的芬芳土地／來迎接戰地文藝的豐收季／來灌幾杯勝利的高粱酒／使淚雨滲和的來路／變成一種永恆的傳奇／使砲聲隆隆下的鎮定與疾書／變成跟青年筆隊伍的初戀／從風雨中看新市里／體認出崎嶇道路下的艱苦路基／從新市里看風雨／頓悟這創作世界的無窮無盡／這就是由剎那到永恆的跳板／也是爬方格子的專利／文藝征戰者應有的報償／一年的屯墾，就等於一萬年／一如新市里的建築與設計／經得起長年的風雨／與那夜夜光臨的囈語與砲聲／又何能抑制它的壯大與繁榮／坦坦蕩蕩的胸懷／原為征服寂寞，消滅憂患而躍動／沙中淘金的情感，原為突破含混、分辨愛憎的奉獻／願筆耕與真理同在／使金門文藝成為新市里的塔尖／成為綠化金門的經濟林木／成為代表民族精神的課卷／一年，是太短又太長的時間／一年，是平淡又是不平凡的過程／就是那麼薄薄的一本／宛如這袖珍的市鎮／以風雨來作自己的妝飾／才能顯露出脫俗的芳容／以風雨來作奮鬥的標誌／才能樹立起精神的標竿／一年啊，在風針雨刺的餐廳／飽嘗酸甜苦辣的大拼盤／一年啊！一步一個泥腳印／那是歷史聯考對這一代人的試卷！

雖然明秋水先生已離開人間遠赴天國，逍遙自在地遨遊於西天的極樂世界，然而，爾時他對我們的鼓勵和關懷，迄今仍然長存在我們的心中。此時重讀他的詩作，心中更彷若料羅灣怒潮澎湃的海水，不停地激盪著，我們沒有把他忘記。或許不久的將來，我將在天堂和他會面，當然，還有為《金門文藝》獻上祝福的文曉村先生，以及詩人郭鍥先生（本名郭緒良，曾任金門戰地政務委員會監察室上校主任），我將帶著先生詩中「酸甜苦辣的大拼盤」和他們一起「來灌幾杯勝利的高粱酒」。

第六期我們請到在金服役的知名詩人——《創世紀》詩社同仁許丕昌上尉（軍職退伍後，剃度皈依佛門），《主流》詩社同仁黃進蓮少尉（文化大學中文系文藝組畢業，服預官役，現改名黃勁連，專研台語文學）擔任執行編輯；李昌憲先生與何慶祥先生擔任助理編輯，四人共同來為我們企劃這一期的「詩專號」。在諸多來稿中，計選用

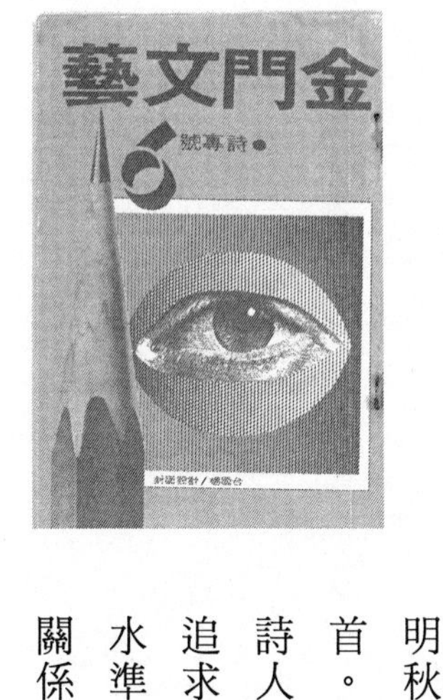

明秋水先生等三十二家的詩作五十首。在三十二位老、中、青三代的詩人中，雖然各有各的表現方式，追求的意象亦有明顯的差異，但其水準則不在話下。即使因為主編的關係，以及現實環境的使然，本地

詩人的作品所佔的比例較低，然而篇篇都是一時之選。例如：顏生龍先生作品〈載酒行〉四首——〈候鳥〉、〈乃見妳來〉、〈漂泊〉、〈江湖〉，吳承明先生作品〈黃昏‧河〉、〈浪歌三折〉，張國治先生作品〈古城〉，許坤政先生作品〈給李白的一封信〉、〈金中上車線〉，心銘先生作品〈美律之夜〉……等等，都得到很高的評價。在這本「詩專號」的首頁，我以〈演出者的話〉作為開端：

終於，我們把「詩專號」呈獻在您的面前了。

這一期是我們創刊以來內容最充實的一期，也是我們邁向另一個驛站的開始。

說真的，在廣大的文藝園地裡，我們所扮演的只不過是一個微不足道的小角色，因而，當啟幕的時候，請容我們說聲——

感謝賜寄大作的先生和小姐。

感謝為本刊勞心傷神的黃進蓮和許丕昌。

感謝為我們設計封面的楊國台先生。

感謝您，親愛的讀者們。

金門縣政府營利事業登記證

據 陳長慶 以左列事項聲請登記，經
查核相符，合行發給登記證，以憑營業。

一、營利事業名稱：金門文藝雜誌
二、營業項目：出版業
三、資本總額：新台幣 壹萬 元正
四、負責人姓名：陳長慶
五、組 織：獨資
六、營業所在地：金門縣

縣長 譚紹彬

中華民國 年 月 拾 日

三十餘年後的今天，顏生龍先生已從教職退休，在停筆多年後，近年來以鍾馗為筆名復出文壇，仍然以新詩為主，但其書寫的風格卻做了一百八十度的大轉變，除了字字珠璣意象明朗外，對現代社會的諷刺、亂象的批判，更是一針見血、毫不留情！神話中說：「鍾馗是吃小鬼的大鬼」，果然是名不虛傳。但是，詩人亦有其感性的一面，我們可以從他的詩作中，看到他對子女的關注和鼓勵。張國治先生則是一位多元藝術家，擅長現代詩、散文、評論書寫，專業為攝影、繪畫、視覺傳達設計。曾任國立台灣藝術大學視覺傳達設計學系副教授兼系主任。著有：詩集

《末世桂冠》等六冊、散文集《藏在胸口的愛》等四冊，以及攝影集《暗箱迷彩》——張國治視覺意象攝影作品。現任國立台灣藝術大學副教授兼文創處處長。《金門文藝》能留下他們早期的詩作，的確與有榮焉。

不錯，這一期不僅是我們創刊以來內容最充實的一期，也是頁數最多的一期，計有八十八頁之多。除了詩作外，也刊登了幾則詩壇的消息，定價也由原先的拾元，調整為十五元。但是，這一期的費用，也是我們創刊以來花費最多的一期。首先我們透過執行編輯黃進蓮先生的關係，敦請台北國華廣告公司企劃處長楊國台先生為「詩專號」設計封面。那時，楊國台先生可說是台灣當紅的設計家，設計一幅封面價格不菲，其忙碌的程度也不在話下，但他還是撥冗為《金門文藝》設計一幅高水準的封面，設計費也絲毫不計較。然而，我們的經費再怎麼地拮据，也不能虧待大師、不尊重大師，於是我寫了一封感激的信函，並附上新台幣一千元，以表示對大師的敬意和謝意。

儘管楊國台先生為我們設計一幅高水準的封面，卻又必須面臨印刷的問題，當時為我們承印的《金門日報社》印刷廠尚無彩色印刷設

中華民國雜誌事業協會會員證書

國誌證字第 0468 號

金門文藝業經依法加入本會

為會員

此證

雜誌名稱：金門文藝

會員代表：陳長慶

社　址：金門新市里復興路一三號

理事長 石永貴

中華民國七十年五月六日

備，正好許丕昌先生欲返台休假，只好請他把封面攜回台灣印刷，內文則依舊在《金門日報社》印刷廠印製。十天後，許丕昌先生帶回一千張用銅版紙印刷精美的「詩專號」封面，大師不凡的手筆，加上高級的紙張、精密的印刷，的確讓我興奮異常、歎為觀止。當我詢問許丕昌先生多少錢時，他取出印刷廠的收據遞給我說：「八千元」。我一時愣住，以為他說錯了，他又說了一句：「八千元」。我輕瞄了一下收據，始才發覺事態的嚴重。心想：光是封面印刷費就高達八千元，這筆錢該怎麼去籌措？而此時我能否定這張收據的真實性、賴皮地不付這筆錢嗎？況且，許丕昌先生又是一位謙謙君子，我怎麼可以不信任他。於是我利用職權寫了一張借據，向門市部的暫借新台幣八千元，奉還先為我墊付這筆款項的許丕昌先生。而當許丕昌走後，我的心卻在滴血……。這一期連同內文印刷費，總共花掉一萬二千餘元，也是我這個發行人兼社長，在金防部政戰部被那些高官呼來喚去、捧卷宗丟公文，整整半年的薪給，而我並沒有要求同仁共同來分擔，滿腹的苦水又能向誰傾吐，只好往自己的肚裡吞。或許，那是我「自不量力」、「好大喜功」的結果，又能怪誰、怨誰？

雖然，《金門文藝》的創刊和出版，並沒有讓我傾家蕩產，但個人投入的心血則非筆墨所能形容。然而，不僅沒人適時給予肯定和鼓勵，一些惡意批評的聲浪卻接踵而來，誤以為我們在「沽名釣譽」，在「霸佔金門文壇」，讓我感到寒心。某些人士認為：「《金門文藝》係同仁結社，不能代表金門。」甚至有人說：「連學生刊物之文藝程度也不如」。當初我們創辦這份刊物的原意，是希望能匯集所有在金門的文藝同好，彼此貢獻一己之力，共同來耕耘這塊歷經戰火蹂躪過的文藝園地，從未說過要以這份刊物來代表金門，或為自己謀取名利。我們承認內容水準參差不齊，確實有待改進、有待加強、有待

法律顧問證書

茲由

金門文藝雜誌社　聘任

本律師為常年法律顧問如有侵害其信用名譽權利及其他一切法益者本律師當依法保障之此證

律師

中華民國六十七年一月一日

提昇，但批評者豈能以偏概全、一概而論。我敢於如此說，每一期都有不少值得一讀的作品，例如：明秋水、謝輝煌、文曉村、金筑、司馬青山、郭鍥、許丕昌、喬洪、黃振良、黃長福、林媽肴、黃龍泉、藍峰……等人的作品，以及「詩專號」的三十二家詩人，例如：顏生龍、吳承明、張國治、許坤政、心銘、季野、曹華青、蕭郎、莫野、莊金國、羊子喬、溫瑞安……等人的詩作，難道真是連學生刊物之文藝程度也不如？而學生刊物之文藝作品，難道篇篇都是高水準的佳作？果真如此的話，他們的稿子大可直投《中央副刊》、《聯合副刊》或《純文學》，又何必在學生刊物發表？歷史是一面明鏡，當年說這種話的人，時隔三十餘年後的今天，他又寫出什麼驚天動地的曠世之作來回饋這塊土地？既然受教於高等學府，必有高人一等的學識和涵養，理應貢獻所學，對家鄉這份在艱困中成長的刊物，隨時加以關懷、鼓勵和指導，而非仗著多讀幾年書，就可任意地作無謂的批評，其高傲自負的心態，勢必會受到鄉親的唾棄和譴責！

當我們重新審視各期出版內容時，除了少數同仁的稿件外，其餘都是外來稿，每期幾乎都有新面孔出現，同時授權執行編輯自行約稿、選稿，絕對沒有同仁加以干涉。我們可由「詩專號」得到印證，在三十二家詩人的五十首詩中，只有心銘（許伯銘）先生係我們的同仁，而且只選了他一首〈美律之夜〉，其他詩作均由執行編輯所選。至於內容，我們亦以母雞帶小雞的方式，以知名作家做為我們學習的對象，較具水準的作品做為我們創作的標竿，並一起來引導、來鼓勵、來啟發青年朋友的寫作興趣，繼而地讓我們這些文藝幼苗，慢慢地成長、茁壯，而後根深在這塊土地上，相信假以時日，必能採擷到甜美的果實。這似乎也是我們創辦這份刊物的初衷。

儘管遭受某些人無情的批評，內心難免感到難過，但也只有苦笑，並沒有作任何的辯駁和回應，相信有一天，歷史會還給我們一個公道的。然而，經過多方面的反覆思考，我還是決定從即期起，停辦這本「不能代表金門」的《金門文藝》，停辦這本「連學生刊物之文藝程度也不如」的《金門文藝》，也期待未來的時光，這些擁有高學歷且學有專精的青年朋友，能自籌經費，逕向行政院新聞局申請登記證，辦一本高水準的文藝刊物讓金門人看看！不僅我們拭目以待，鄉親父老也睜大眼睛等著看。而十年、二十年、三十年過去了，竟連一本「連學生刊物之文藝程度『更』不如」的私辦雜誌也見不到，遑論是高水準的文藝刊物！當年大放厥詞的朋友，難道不感到汗顏？不感到羞愧？趁此，我必須向青年朋友提出善意的忠告：別忘了謙虛是一種美德，少說大話！

依出版法第十二條「註銷登記」之規定：

新聞紙或雜誌獲准登記後滿三個月尚未發行者，或發行中斷，新聞紙逾三個月，雜誌逾六個月，尚未繼續發行者，註銷登記。

金門文藝
第七期
閩金門詩
心靈印象
我們永遠奮鬥前進

《金門文藝》一旦停辦二期滿六個月後，這張得來不易的登記證勢必要被註銷，那是我不願意見到的。於是經過友人的指點，我決定以另一種方式來保住這張登記證，當然我也深知這本文藝性的季刊不同於黨外雜誌，是不會引起相關單位特別注意的。每當期限將屆，我便寄上一千元，請台北的友人為我編輯一張四開大的報紙型雜誌，就近印二百份寄予我，除了依規定送新聞局、中央圖書館以及相關單位備查外，其餘由關懷這本刊物的文友們自行取閱。在第七期（報紙型）的季刊裡，我們也以「本社」立場，作了一點小小的聲明：

〈我們永遠奮鬥前進〉

這期的《金門文藝》遲遲與讀者見面，其中的因素很多，但不說也罷。不過，我們要向讀者保證的是：從本期起，我們將再起步，再出發，繼續為金門文藝播種、耕耘、灌溉！

《金門文藝》這一刊物的創辦，開始是幾個志同道合的年輕朋友認為在這個名揚寰宇的小島上，沒有一份頗足代表金門青年心路歷程的刊物，是一件非常遺憾的事。於是大家湊錢創辦了這份刊物，但是創刊不久，卻有人認為《金門文藝》的同仁在「沽名釣譽」，在「霸佔金門文壇」，而說這些話的人，竟是一些在台灣就讀大專院校的「金門青年」。我們承認：也許他們在台灣或者心存故土，對金門文藝關心但是不以實際的行動來支持我們，相反地卻在惡意中傷，扼殺我們對《金門文藝》默默耕耘的努力，未免令人感到遺憾。好在本社同仁即使午夜深思，也俯仰無愧，至於別人怎麼說，也就不去管他了。

我們在人力、財力、物力極為艱困的情形下，繼續維持這份刊物的成長，就是要以果敢的行動和事實來證明，我們的的確確是為金門文藝的播種工作，貢獻我們的心力。最後，我們要以蔣院長的幾句話來警惕我們自己，也和關切《金門文藝》的先進和讀者們共勉！

我們永遠奮鬥前進！

絕不向歷史交白卷！

然而，聲明歸聲明，或許只是當時內心的憤懣極待抒發而已。對於《金門文藝》這份刊物，雖然充滿著深厚的感情，但卻不敢再寄予厚望。儘管不久之後我已離職在新市里經營書店生意，即使賺取的只是蠅頭小利，但卻蒙受十萬大軍施予的恩惠，日復一日竟也累積了一些銀兩。若依當時的經濟狀況而言，每期花個三、五千元來維持這份刊物的正常出版是不成問題的，但是，我還是選擇讓它休刊。唯一的心願是保住這張戒嚴時期，金門地區第一張民間擁有的──「行政院新聞局局版台誌字第〇〇肆玖號出版事業登記證」，至於能不能保得住，只好聽天由命了。

一九七七年（民國六十六年），旅台青年作家黃克全先生委請黃長福老師與我洽談，謂他們有意接辦《金門文藝》，先來徵詢我的意見。這些學歷高、學識好，又有理想和抱負的青年朋友，既然有心續耕家鄉這塊文藝園地，我當然樂觀其成。因此在第一時間裡，我絲毫沒有經過任何考慮，也不必與當年一起創辦的同仁磋商，無條件地答應由他們接辦。然因發行人變更手續繁複，且他們均為在學學生，故而發行人一職仍由我擔任。有關稿件的邀約，印刷經費的籌措，人事的安排等等，則由他們自行負責處理。只要不為我這個發行人增添困擾，往後《金門文藝》任何事宜，我絕不會加以干涉。唯一的但書是必須按時出刊，以免登記證遭受新聞局註銷。

一九七八年（民國六十七年）一月一日，《金門文藝》革新第一期終於與讀者見面了。由黃克全先生擔任社長，楊慶三、張國治、黃克福、黃昭能等四位先生擔任執行編輯，編輯部設於台北縣泰山鄉貴子路六十七巷內。原三十二開版本改為二十五開，頁數一百二十八頁，以宋體四號字排版，比原來的字體大很多，封面由張國治先生設計，訂價零售每本三十元。內容有：黃克全、方莘、陳武緯、劉雪珍、浯江廿四劃生的論述；文藝創作有：楚武、吳念真、許丕昌、金沙寒、許維民、黃嘉、張國治等人的作品；專欄為張國治先生的〈尋找小島的原始風貌〉，該文共有三十二頁之多，約佔全書四分之一的篇幅，其書寫的範圍包括：山后、碧山、前水頭、金城、舊金城等，除了有精美的散文，亦有華麗的詩篇，並附有四十四幅洋樓古厝的照片，來凸顯小島的原始風貌，可說是一篇圖文並茂的不巧之作，也是該期最大的特色。革新第一期的《金門文藝》，在社長黃克全先生及諸執行編輯精心的策劃下，無論封面設計、內文編排或稿件的選取，都深具水準，讓人有耳目一新之感。

曾主編三、四、五期《金門文藝》的作家凡夫（黃長福）先生，於一九七八年（民國六十七）二月廿五日，在《金門日報・正氣副刊》發表〈期待一個新生的來臨〉——看《金門文藝》革新號，除了對革新第一期加以肯定外，也道出之前《金門文藝》的心聲。在該文第四節裡，凡夫先生指出：

大部分的讀者，都是絕對冷酷的被動者，他們享受選擇的權利，對不上眼的刊物，大都有不屑一顧之表情，而不肯付出關懷，不肯給予適當的鼓勵；更有進者，大施其批評撻伐之能事，實在也是有其缺憾。只是，一味地苛求責難，編者就能無中生有嗎？我們忍心要一個幼兒去跟國手賽跑比快？他只是一個開始，需要的是關切與鼓勵，以理想去衡量先天下不足的事實，與要不會走路、甚往還坐不穩的幼兒去跟金牌選手比較，又有什麼兩樣？如此待遇，又豈是公平？尤其是，只知道要求你的東西不合我的標準，你要拿好的東西給我，而不知道好的東西是來自共同的參與，拒與參與，卻索求無厭，又怎不叫人啼笑皆非？

綜合上述，一本刊物，特別是文藝性的刊物，要維持生存，是一件很不容易的事。如果缺乏支持——作者、讀者及經費方面，那麼刊物的生命，顯然是可見的。《金門文藝》創刊時，獲得有關方面的協力，從辦理登記到出刊，得以順利進展，如今，《金門文藝》由於人事上的更動，形成實際上的革新，我們期待這一個新生的來臨。

由於此番革新係由旅台的金門同學主其事，因此，當可打破以往的侷限，一方面可使旅台同學參與此一文化活動，一方面也與本地作者密切連繫，造成一番新氣象，往日《浯潮》所反應的事實，勢必趨向大家期待的目標。我們實在不忍在金門成為「世界的金門」、「勝利的金門」之今日，猶在文藝上呈現蒼白與空白，我們又豈能停留在如《浯潮》所述的連學生刊物之文藝程度也不如的現狀，而仍然沉默仍然什麼也不做。基於此，我們期待大家對《金門文藝》之革新，予以正視與重視，對《金門文藝》之發展，予以支持與鼓勵。尤其需要澄清的《金門文藝》是一些愛好文藝，關懷金門文藝前途的青年朋友為大家提供的一塊文藝園地，它不是同仁刊物，是大家致力於文化上「世界的金門」、「勝利的金門」之一站。我們並不諱言，《金門文藝》或許還是有點貧瘠，仍然很不完美，我們也願意如此說，那是缺乏照顧的症狀，如果大家能在稿件上、財務上，甚至於精神上，貢獻一點兒力量，我們堅信，《金門文藝》必會大大起色，其發展與成長，也是指日可待。

可是，黃克全先生在掌聲中僅辦了一期，的確讓我感到有些失望。革新第二期由旅台青年作家顏國民先生接手，並擔任社長，黃克全先生則改任名譽社長，張國治先生為顧問，編輯部與台北聯絡處為台北郵政信箱三十之廿九號，執行編輯為何人並沒有署名。革新第二期於一九七八年（民國六十七年）十一月一日出刊，與第一期整整相隔十個月之久。從該期的內容觀之，顏國民先生有意把它編輯成一本綜合性刊物，當然仍以文藝創作為主。在三篇特稿中，其一為陳伯芬先生綜合報導——〈獨樹一格的金門陶瓷廠〉，其二為張自福先生綜合報導——〈馳名中外的金門高粱酒〉，甚至有「樂壇特訊」、「金永亞結盟特訊」的所謂「簡

訊」，以及高水準的「索忍尼辛的震撼」專欄（其中兩篇為轉載）。該期執行編輯可說是面面俱到、用心良苦。在一百一十頁的篇幅裡，也容納著十二則大小不一的各類廣告，其收取的廣告費無論多寡，對經費桎梏的《金門文藝》來說不無小補，這似乎也是顏國民先生對這份刊物充滿信心的地方。封面設計為藍一峰先生，採用的是黃世團先生的版畫，執筆作家有：李錫隆、李淑娥、九天、李隱、李瓊芳、風吟、洪春柳、張國治、浯江廿四劃生、溫瑞安、成少樓、黃昏星、曲鳳還、廖雁平、周清嘯、野鶴等人。除九天先生為浯鄉耆碩外，餘均為文壇青年菁英。

革新第三期（夏季號）於一九七九年（民國六十八年）八月三十一日出刊，與第二期相隔有九個月之久。社長仍由顏國民先生擔任，黃克全先生與王永福先生為顧問，編輯組夏永慶先生，採訪組黃美蘭小姐，公共關係組張基發先生，其組織結構與人事安排可說相當完整。然而頁數則從第二期的一百一十頁減為六十二頁，廣告亦不如上期，但是我們還是可以看出他們的用心。

首先是——〈小小的心願〉

金門——
是個很熟悉、又很神奇的名字
我們不希望她只是個地理名詞
我們所企盼於她的
在創作上
能成為文藝的新潮，藉著真摯、純樸的手筆，創出清新可喜的文學。
在思想上
引導健康的方向，替高度發展的工業社會，提供適切的反省。
因此，她是屬於你、我、大家的精神象徵！

繼而地是編後語——〈我們的話〉

這一期的文藝，終能如願呈現在您的眼前，我們已盡力，卻不敢竊竊自喜，存在的缺失，也願不諱一談：

一、就如眾多愛顧我們的朋友所剴陳的，我們尚沒有一個強而有力的特色表現出來，這是我們亟待樹立的，比如構想頗佳的「浯島名人錄」（在鄉、離鄉知名人物的專訪或描述），「兩線專欄」（對一種事物，一項事實的客觀及多角的探索），「藝文點滴」（報導本籍文友動態），「報導文學」（深入探討鄉土根源所在或特色）等專欄，都因稿源不繼，奔走不力而付闕如，然而我們的用心仍很強烈，以後我們有了固定的根據地做為連絡所在，就更能專心致力於這個刊物的茁壯和發揚，而我們有待於讀友的，是希望您們即刻拿出「捨我其誰」的胸懷，積極參與創作行列。

二、本期的文藝是出得慢了，但我們的「秋季號」及「冬季號」將分別在十月底、十二月底出書，由於時間緊促，望有心文友發揮我「金門精神」，多出點子、積極投稿！

三、……。

看完〈我們的話〉，文中雖然充滿著理想和希望，但似乎也有現實的無奈。即使有心想辦好這份刊物，首先必須面對許多實際上的問題，當財力、物力、人力無法克服時，只好向現實環境低頭。顏國民先生並沒有依言推出「秋季號」及「冬季號」，而是一張四開報紙型的所謂「革新四期」，於一九八〇年（民國六十九年）二月出刊，距上期約有六個月之久，共分四個版面：第一版「文藝動態」——

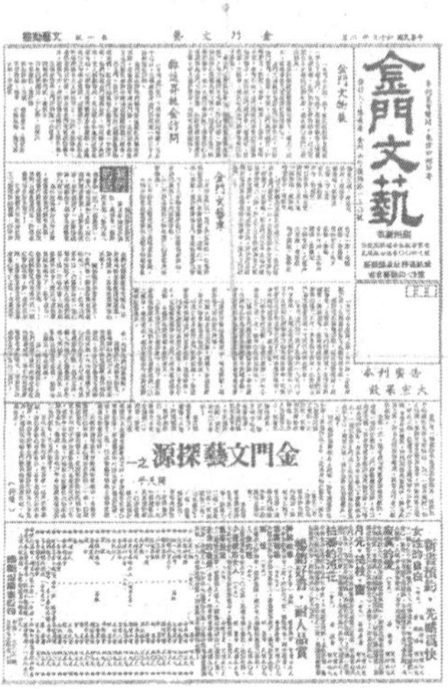
金門文藝

金門文藝探源之一

報導與浯島有關的文藝動態；第二版「故鄉他鄉」——採錄浯島子弟在鄉在外的思鄉情懷；第三版「創作與欣賞」——題材不拘，小說、散文、評論皆所歡迎；第四版「過客與金門」——讓到過浯島的金門之友緬懷往事，盡情發揮的園地等。而且接受各界廣告，每批收費五百元（8×61字），第一版下端有「鳳凰城圖書公司」廣告，約佔全版四分之一；第四版有祝賀林媽肴文友與蔡雅慧小姐，黃珍珍文友與李文曲先生賀婚廣告，以及「美泰」打字印刷廣告等，倘若以他們所訂的廣告價格而言，所收取的廣告費，足可分擔該期大部分印刷費用。然而，綜觀革新四期的《金門文藝》，雖然是「來信回郵即寄」的免費贈閱品，但無論從任何一個基點來說，都談不上「革新」兩字，讓人感到遺憾和惋惜。由此可見，想維持一份刊物的正常出版，確實不易。

現在，我們再看看顏國民先生「革新四期」——〈我們的話〉

> 對老讀者而言首次接到這份刊物，或將是一種驚詫莫名，原因是「書冊裝」成了「報紙型」，再者內容也嫌少了點，在

此我們深致歉意，由於倉促成事，我們刪留了一大部份成稿，相信在下期會有更豐富的內容出現。

由於這種形式的改變，使讀者和我們同受其益，此後發行將更為廣遠，而出刊的日期更為拉近，內容也將更形多彩多姿了！

此後我們仍然盡力於地方文藝深根的挖掘，同樣地我們更竭誠歡迎文壇老宿新進共同來經營這塊園地，繼往開來，再造更為輝煌的成果！

我們絕不相信文藝是一種過時的表現方式，同樣地我們更不願意囿限他該如何表現，生澀的作品也可以逐漸進而成熟，只有附帶個人私心的作品才令人可厭，吾島身處壁壘之際，消長之鋒，個人所感之心靈激撼，自非外人所能及，正由此故，其筆鋒自能富帶感情，餘音令人難忘，殆無疑義。

這一期的篇幅很小，但我們將竭力做到維持短時期內陸續出刊，至於內容與篇幅能有多大變化，那要看以後給各位的意外之喜吧！

顏國民先生坦言：「生澀的作品也可以逐漸進而成熟」，這是一句多麼感人而貼切的話啊！況且，我們園地公開，從未有令人可厭、附帶個人私心的作品，如果之前能受到那些惡意批評的人如此地鼓勵，相信《金門文藝》諸同仁的士氣也不致於會那麼低迷。儘管顏國民先生對這份刊物仍充滿著希望和信心，但形勢比人強，除了看不到「給各位的意外之喜」，也沒有做到「短時期內陸續出刊」或「下期會有更豐富的內容出現」的承諾，在極端無奈下，只好向現實環境低頭。自該期後，即未曾再見到顏國民先生主編的《金門文藝》「革新版」。我未曾問明停刊的原委，他亦沒有告訴我停刊的原由，彷彿沒人比我們更瞭解辦雜誌的艱辛，彼此似乎有心照不宣之感，又何須多作無謂的解釋。過後，基於現實環境使然，我並沒有繼續出刊的打算，甚至自己亦已停筆多年，遠離這塊曾經讓我牽懷託形的文學園地，對這份刊物的感情似乎也逐漸地淡薄了。唯一想過的是：讓這些有理想、有抱負、有學識的青年朋友，嚐嚐辦雜誌的酸甜苦辣也是好事一樁。雖然不能說是得到教訓，但多了一份辦雜誌的經驗則是不爭的事實；也讓當年惡意批評我們的人捫心自問，他的言論是當？或者不當？

從此之後，《金門文藝》沒有再出版過任何一期，當年參與社務的同仁，例如：黃振良（谷雨）、林媽肴（林野）、陳能梨（陳亞馨）、楊筑君（牧羊女）、王建裕等人，迄今仍活躍於文壇，並各自擁有一片天；甚至陳亞馨還橫跨畫壇，並有傲人的成績。試想，如果沒有歷經當年一番寒徹骨，那有今日梅花撲鼻香。其他同仁雖已遠離文學，卻在各自的專業領域發揮所長，黃龍泉先生旅居高雄縣多年，目前身兼兩所國小校長，許伯明（心銘）從教職退休後，在彰化火車站旁經營「金門肉丸店」。然而，對於當年同心協力創辦的這份刊物，已鮮少有人過問，甚至早已忘了它的存在，《金門文藝》也正式成為一個有名無實的刊物名稱。掌管出版事業生死大權的行政院新聞局，亦從未來函糾正或依法註銷登記證。當出版法廢除後，這張行政院新聞局局版台誌字第零零肆玖號的出版事業登記證，卻成了《金門文藝》最好的見證物。

二〇〇四年（民國九十三）春天，任職於金門縣文化中心的陳延宗先生，經過主任李錫隆先生的默許，數次來新市里與我晤談，謂文化中心有意籌辦一本文藝刊物，擬以《金門文藝》為雜誌名稱，故而來徵詢我的意見。或許，他們深知《金門文藝》是我合法登記的刊物，即便出版法廢除，其商標權仍歸本社所有，而我又是這份刊物的代表人，既然他們懂得相互尊重，我豈有不詳加考慮之理。況且，李錫隆主任是我多年好友，陳延宗先生與我亦非泛泛之交，一旦成定局，這本刊物將由李錫隆主任擔任發行人，陳延宗先生擔任總編輯。在聽完他的構想與編輯方針後，多數均與我們當初創辦的理念不謀而合，其選稿的範圍將以書寫這塊土地的作品為主，並鼓勵青年朋友加入創作的行列，把它編輯成一本活潑、生動與多元化的文藝雜誌。基於這些理念，又有政府的經費挹注，如此人力、物力與財力都已具備，我焉有不同意之理。

預定出任總編輯的陳延宗先生，學識與文學造詣均不在話下，與國內文壇及僑居各地的文友互動密切，為人處事更有其獨到的一面，總編輯這個職務由他來擔綱或許再恰當不過了。同時，《金門文藝》已整整停刊三十餘年，如果真能復刊，那總是一件令人既興奮又感動的事啊！至少是文學命脈的延伸、藝文薪火的傳承，我豈能自私地把

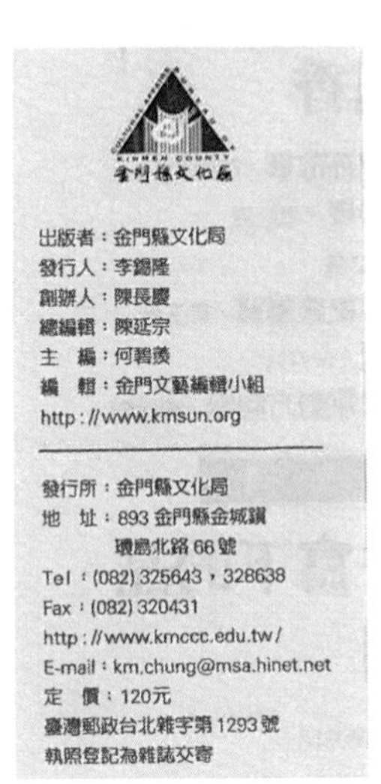
金門縣文化局

出版者：金門縣文化局
發行人：李錫隆
創辦人：陳長慶
總編輯：陳延宗
主　編：何碧羨
編　輯：金門文藝編輯小組
http://www.kmsun.org

發行所：金門縣文化局
地　址：893 金門縣金城鎮
環島北路 66 號
Tel：(082) 325643，328638
Fax：(082) 320431
http://www.kmccc.edu.tw/
E-mail：km.chung@msa.hinet.net
定　價：120元
臺灣郵政台北雜字第 1293 號
執照登記為雜誌交寄

它佔為已有。或許也因為這塊招牌曾經是我肩頭難以承受之重，能夠趁此把它卸下，我何樂而不為。然而，儘管我答應把《金門文藝》這個商標借予文化中心使用，但相對地也提出警告：「一旦與我們創刊的理念背道而馳，則另當別論」，但願他們能善加珍惜！

二〇〇四年（民國九十三年）七月一日，《金門文藝》在文化中心李錫隆主任的指導、陳延宗總編輯的策劃下，終於以雙月刊的形貌與讀者們見面。出刊的那天，也是文化中心揭牌改制為文化局的重大日子，可說是冠蓋雲集、熱鬧滾滾。李錫隆主任也正式接篆成為文化局首任局長。除了前來祝賀的政府官員與貴賓外，並邀請國內及縣籍知名詩人、作家、藝術家共襄盛舉，復又舉辦新書發表會、新詩朗誦會、文藝座談會……等等，其重視的程度不言可喻。然而儘管它是歷史的一刻，但身為《金門文藝》的老朋友，在現實環境使然下，竟被他們所遺忘，無緣參與這個盛會，內心未免有點遺憾。如今，《金門文藝》復刊已屆滿五周年，出版三十一期，撰稿作家、詩人與藝術家多達數百位，雖然重新擦亮了《金門文藝》的招牌，也締造了《金門文藝》的歷史記錄，但又有誰能真正體會到當年諸同仁蓽路藍縷的創辦過程呢？或許，就誠如爾時參與創刊並主編第二期的編輯委員黃振良先生，在〈回首來時路〉——陳長慶《寄給異鄉的女孩》三版代序中所言：

> 現在看到各種由金門縣政府出版或補助的刊物陸續的發行，本本印刷精美，設計新穎，我們在同感欣喜之外，也曾回首自嘲當時那種不知自拙的無知，但繼而反觀，除了這本不能代表金門的《金門文藝》之外，三十多年來又有那一本是由私人出資

印行而足以代表金門的純文藝刊物出現呢？如果不是當年我們的這股幼稚無知不知藏拙的傻勁，恐怕到今天除了官方的文化刊物之外，私辦的刊物還是掛零了。

而此時，儘管先前的《金門文藝》已走入歷史，重新出刊的《金門文藝》亦已步入另一個全新的年代，正以一年六期的速度向文學的康莊大道邁進。然而，凡走過的必留下痕跡，當百年後，對文學感興趣的浯鄉子弟或後代子孫，勢必會想來翻閱這段歷史，故此，趁著生命中的夕陽尚未西下時刻，我必須把爾時創辦這份刊物的過程，忠實地記錄在浯鄉的文學史上，以免讓它殘缺不全或留下空白。

（原載二〇〇九年十二月二十七日至二〇一〇年元月三日《金門日報・浯江副刊》，《金門文藝》（金門縣文化局出版）於第三十四期（二〇一〇年元月）起至第三十九期（二〇一〇年十一月）止轉載）

附註：

二〇一〇年金門縣文化局編列《金門文藝》印刷經費預算一百二十萬元，遭金門縣議會刪減二十萬元。二〇一一年編列之一百萬元印刷經費預算，則全數遭到刪除。復刊後的《金門文藝》計出版四十五期，自二〇一二年起，又將遭受停刊的命運。

寫作記事

一九四六年　八月生於金門碧山。

一九六一年　六月讀完金門中學初中一年級因家貧輟學。

一九六三年　一月任金防部福利單位雇員，暇時在「明德圖書館」苦學自修。

一九六六年　三月首篇散文〈另外一個頭〉載於《正氣中華日報・正氣副刊》。

一九六八年　二月參加救國團舉辦「金門冬令文藝研習營」，講師計有：鄭愁予、黃春明、舒凡、張健、李錫奇，以及在金服役的詩人管管等，為期一週。除楊天平老師、洪篤標先生與作者係來自社會階層外，餘均為本地國、高中在學學生。現今活躍於金門文壇的作家與文史工作者例如：黃振良（曉暉）、黃長福（白翎）、林媽肴（林野）、李錫隆（古靈）……等，均為當年文藝營學員。

一九七二年　五月由金防部福利單位會計晉升經理，並在政五組兼辦防區福利業務。六月由台北林白出版社出版文集《寄給異鄉的女孩》，八月再版。

一九七三年　二月長篇小說《螢》載於《正氣中華日報‧正氣副刊》。五月由台北林白出版社出版發行。七月與友人創辦《金門文藝》季刊，擔任發行人兼社長，撰寫發刊詞，主編創刊號。九月行政院新聞局以局版台誌字第〇〇四九號核發金門地區第一張雜誌登記證，時局長為錢復先生。

一九七四年　六月自金防部福利單位離職，輟筆，在金湖鎮新市里復興路經營「金門文藝季刊社」（販賣書報雜誌與文具紙張），後更改店名為「長春書店」。

一九七九年　一月《金門文藝》季刊革新一期，由旅台大專青年黃克全、顏國民等先生接辦，仍擔任發行人。

一九九五年　創作空白期（一九七四～一九九五），長達二十餘年。

一九九六年　七月復出，新詩〈走過天安門廣場〉載於《金門日報・浯江副刊》，八月散文〈江水悠悠江水長〉載於《青年日報副刊》。九月短篇小說〈再見海南島・海南島再見〉脫稿，廿四日起至十月五日止載於《金門日報・浯江副刊》，該文刊出後，受到讀者諸多鼓勵，亦同時引起文壇矚目。

一九九七年　一月由台北大展出版社出版發行三書：《寄給異鄉的女孩》增訂三版，《螢》再版，《再見海南島・海南島再見》初版。三月長篇小說《失去的春天》脫稿，廿五日起至六月廿五日止載於《金門日報・浯江副刊》，七月由台北大展出版社出版發行。

一九九八年　一月中篇小說《秋蓮》上卷〈再會吧，安平〉脫稿，一月廿日起至二月十八日止載於《金門日報・浯江副刊》。五月下卷〈迢遙浯鄉路〉脫稿，廿四日起至六月十五日止載於《金門日報・浯江副刊》。八月由台北大展出版社出版發行三書：《秋蓮》中篇小說，《同賞窗外風和雨》散文集，《陳長慶作品評論集》艾翎編。

一九九九年　十月散文集《何日再見西湖水》由台北大展出版社出版發行。

二〇〇〇年　五月金門縣寫作協會「讀書會」假縣立文化中心舉辦《失去的春天》研討會，作者以〈燦爛五月天〉親自導讀。十月長篇小說《午夜吹笛人》脫稿，十八日起至十二月六日止載於《金門日報・浯江副刊》，十二月由台北大展出版社出版發行。

二〇〇一年　四月〈今年的春天哪會這呢寒〉——咱的故鄉咱的詩，載於《金門日報・浯江副刊》。十二月中篇小說《春花》脫稿，廿三日起至翌年元月廿二日止載於《金門日報・浯江副刊》。

二〇〇二年　三月中篇小說《春花》由台北大展出版社出版發行。

二〇〇三年

四月中篇小說《冬嬌姨》脫稿，廿九日起至五月三十一止載於《金門日報·浯江副刊》，八月由台北大展出版社出版發行。十二月由國立高雄應用科技大學金門分部觀光系主辦，行政院文建會及金門縣政府協辦之「碧山的呼喚」系列活動，作者親自朗誦閩南語詩作：〈阮的家鄉是碧山〉為活動揭開序幕。散文集《木棉花落花又開》由台北大展出版社出版發行。

五月中篇小說《夏明珠》脫稿，一日起至六月十六日止載於《金門日報·浯江副刊》，十月由台北大展出版社出版發行。同月長篇小說《烽火兒女情》脫稿，廿六日起至翌年元月九日止載於《金門日報·浯江副刊》。十一月長篇小說《失去的春天》由金門縣政府列入《金門文學叢刊》第一輯，並由台北聯經出版公司與金門縣文化局聯合出版發行。十二月〈咱的故鄉咱的詩〉七帖，由金門縣文化中心編入《金門新詩選集》出版發行。其詩誠如國立台灣藝術大學副教授詩人張國治所言：「他植根於對時局的感受，對家鄉政治環境的變遷，世風流俗的易變，人心不古，戰火悲傷命運的淡化等子題關注，……選擇這種分行，類對句……、俗諺，類老者口述，叮嚀，類台語老歌，類台語詩的文類……鋪陳一股濃濃的鄉土情懷。」

二〇〇四年

三月長篇小說《烽火兒女情》由台北大展出版社出版發行。七月《金門文藝》由金門縣文化局復刊，並由原先之季刊改為雙月刊，發行人由局長李錫隆先生擔任，總編輯為陳延宗先生。八月長篇小說《日落馬山》脫稿，九月五日起至十二月廿六日止載於《金門日報・浯江副刊》。

二〇〇五年

元月〈歷史不容扭曲，史實不容誤導〉——「走過烽火歲月的金門特約茶室」脫稿，廿三日起載於《金門日報・浯江副刊》。二月長篇小說《日落馬山》由台北大展出版社出版發行。三月散文集《時光已走遠》由金門縣文化局贊助，台北大展出版社出版發行。

二〇〇六年

四月短篇小說〈將軍與蓬萊米〉脫稿，廿七日起至五月八日載於《金門日報．浯江副刊》。七月中篇小說〈老毛〉脫稿，十日起至八月十二日止載於《金門日報．浯江副刊》。八月《走過烽火歲月的金門特約茶室》獲行政院文建會、福建省政府、金酒實業（股）公司贊助，十一月由台北大展出版社出版發行。金門縣鄉土文化建設促進會於同月二十六日為作者舉辦新書發表會。二十九日《聯合報》以半版之篇幅詳加報導，撰文者為資深記者李木隆先生。

一月〈關於軍中樂園〉載於《中國時報．人間副刊》。三月五日當選金門縣采風文化發展協會第三屆理事長。長篇小說《小美人》脫稿，廿日起至七月廿七日止載於《金門日報．浯江副刊》。六月《陳長慶作品集》（一九九六～二〇〇五）全套十冊（散文卷二冊，小說卷七冊，別卷一冊）由台北秀威資訊科技公司出版發行。八月長篇小說《小美人》亦由台北秀威資訊科技公司出版發行。十一月長篇小說《李家秀秀》脫稿，十二月一日起至翌年四月五日止載於《金門日報・浯江副刊》。同月《金門特約茶室》由金門縣文化局出版發行。該書出版後，除「東森」、「三立」、「中天」、「名城」……等多家電子媒體，針對「金門軍中特約茶室」之議題，專訪作者詳予報導外，亦有部分平面媒體深入報導。計有：二〇〇七年一月十八日，《金門日報》記者陳麗妤專訪報導（刊於地方新聞版）。一月二十日，廈門《海峽導報》記者林連金報導（刊於金門新聞版）。二月十一日，台北《蘋果日報》記者洪哲政報導（刊於Ａ２要聞版）。三月十二日，台北《第一手報導雜誌社》記者蕭銘國專題報導（刊於５２７期社會新聞56～58頁）。

二〇〇七年

六月長篇小說《李家秀秀》由台北秀威資訊科技公司出版發行。《金門特約茶室》再版二刷。八月散文

二〇〇八年

〈風雨飄搖寄詩人〉載於《金門日報・浯江副刊》。

十月長篇小說《歹命人生》脫稿，廿一日起至翌年三月廿日止載於《金門日報・浯江副刊》。同年並相繼完成：〈風格與品味——試論林怡種的《天公疼戇人》〉、〈永不矯揉造作的筆耕者——試論寒玉的《女人話題》〉、〈省悟與感恩——試論陳順德《永恆的生命》〉等三篇評論，均分別刊載於《金門日報・浯江副刊》。

六月長篇小說《歹命人生》由台北秀威資訊科技公司出版發行。八月長篇小說《西天殘霞》脫稿，九月一日起至翌年元月廿九日止載於《金門日報・浯江副刊》。並相繼完成：〈藝術心・文學情——試論洪明燦《藝海騰波》〉、〈走過青澀的時光歲月——試論寒玉《輾過歲月的痕跡》〉、〈以自然為師——試論洪明標《金門寫生行旅》〉、〈本是同根生　花果兩相似——張再勇《金廈風姿》跋〉等四篇評論，均分別刊載於《金門日報・浯江副刊》。張再勇先生的《金廈風姿》，更成為二〇〇八年「第三屆世界金門日翔安大會」指定贈送與會貴賓的書刊之一。十二月短篇小說〈將軍與蓬萊米〉由金門縣文化局收錄於《酒香古意——金門縣作家選集・小說卷》。

二〇〇九年

二月評論〈攀越文學的另一座高峰——試論寒玉《島嶼記事》〉，三月散文〈太湖春色〉，四月評論〈為東門歷史作見證〉——試論王振漢《東門傳奇》均分別載於《金門日報・浯江副刊》。長篇小說《西天殘霞》由台北秀威資訊科技公司出版發行。五月經榮總血液腫瘤科醫師證實罹患「慢性淋巴性白血病」（血癌）。六月以散文〈當生命中的紅燈亮起〉載於《金門日報・浯江副刊》敘述罹病之過程，並以「聽天由命」之坦然心胸接受追蹤檢查與治療。評論《攀越文學的另一座高峰》由金門縣文化局贊助出版。散文〈榕蔭集翠〉載於《金門日報・浯江副刊》。七月評論〈默默耕耘的園丁——試論林怡種《金門奇人軼事》〉載於《金門日報・浯江副刊》。八月《金門特約茶室》由金門縣文化局推薦，榮獲國史館台灣文獻獎，惟獎狀與獎金均由文化局具領保存。評論〈後山歷史的詮釋者——試論陳怡情《碧山史述》〉載於《金門日報・浯江副刊》，金門宗族文化研究協會《金門宗族文化》於同年冬季號（第六期）轉載。九月起專心整理友人所寫序跋與書評，並以《頹廢中的堅持》為書名。十月「咱的故鄉　咱的詩」——〈阮的家鄉是碧山〉、〈故鄉的黃昏〉、〈寫予阮俺娘的一首詩〉、〈咱主席〉、〈今年的春天哪會這呢寒〉由金門縣文化局收錄於《仙州酒引——金門縣作家選集・新詩卷》。十一月《頹廢中的堅持》整理完竣，並以〈後事〉乙文代序。十二月〈金門文藝的前世今生〉載於《金門日報・浯江副刊》，《金門文藝》雙月刊（金門縣文化局出版）於第三十四期（二〇一〇

二〇一〇年

年元月）至第三十九期（二〇一〇年十一月）分六期轉載，為該雜誌留下完整的歷史記錄。

元月評論〈大時代兒女的悲歌——試論康玉德《霧罩金門》〉載於《金門日報・浯江副刊》，福建省漳州師範學院閩台文化研究所《閩台文化交流》（季刊）於同年第二季（二十二期）轉載。四月評論〈誠樸素淨的女性臉譜——試論陳榮昌《金門金女人》〉載於《金門日報・浯江副刊》。五月《頹廢中的堅持》由台北秀威資訊科技公司出版發行，評論〈源自心靈深處的樂章——試論一梅《一曲鄉音情未了》〉載於《金門日報・浯江副刊》。七月評論〈尋找生命原鄉的記憶——試論寒玉《浯島組曲》〉及散文〈神經老羅〉均分別載於《金門日報・浯江副刊》。九月短篇小說〈人民公共客車〉載於《金門日報・浯江副刊》。十月《時報周刊》資深編輯楊肅民先生、採訪編輯張孝義先生以〈解放官兵四十年八三一重現金門〉為題專訪作者，並針對《金門特約茶室》乙書詳加報導，圖文刊於一七〇二期（二〇一〇年十月一日～十月七日）出版之《時報周刊》第四十一至四十五頁。評論〈對歲月的緬懷，對故土的敬重——試讀李錫隆《新聞編採歲月》〉載於《金門日報・浯江副刊》，金門文化局《金門季刊》第一〇六期摘錄轉載（二〇一一年九月）。十一月以〈一位重大傷病者的心聲〉投書《金門日報・言論廣場》，針對署立金門醫院醫師服務態度及藐視病患之權益提出批評，《金門日報》並以「社論」〈提升醫療品質　當以病人為中心〉——從陳長慶先生的投書談起，加以呼應。評論〈從歷史脈絡，尋浯島風華——試論黃振良《浯洲場與金門開拓》〉載於《金門日報・浯江副刊》。十二月散文〈風暴之後〉載於《金門日報・浯江副刊》。

二〇一一年

元月受《金門文藝》總編輯陳延宗先生之邀，撰寫

【信件對談式】散文，並以〈冬陽暖暖寄詩人〉與楊忠彬先生對談。四月中篇小說〈花螺〉脫稿，十八日起至五月二十一日止載於《金門日報・浯江副刊》並針對「金門縣政留言版」二則評論，以〈花螺本無過，何故惹塵埃〉加以反駁。六月評論〈遊子心 故鄉情——試讀陳慶元教授《東吳手記》〉載於《金門日報・浯江副刊》，《金門宗族文化》一〇〇年冬季（第八期）轉載，福建省漳州師範學院閩台文化研究所《閩台文化交流》（季刊）於同年第三季（二十七期）轉載，金門縣文化局《金門季刊》第一〇七期轉載（二〇一一年十一月）。散文〈重臨翠谷〉載於《金門日報・浯江副刊》，並同時進行長篇小說《了尾仔囝》之書寫。七月經榮總血液腫瘤科醫師追蹤檢查結果，白血球已由初診時的三萬八千，上升到目前的六萬一千，惟情緒並無受到太大的影響，仍然依照原計畫，抱病繼續撰寫《了尾仔囝》。九月長篇小說

二〇一二年

《了尾仔囝》脫稿。十一月十八日起載於《金門日報‧浯江副刊》。十二月金門文化局編列《金門文藝》新年度一百萬元印刷經費，遭金門縣議會全數刪除，《金門文藝》在復刊出版四十五期後，又遭受停刊的命運。散文〈寫給來不及長大的外孫〉載於《金門日報‧浯江副刊》，並決定出版中篇小說《花螺》。

三月長篇小說《了尾仔囝》連載完結，並由台北秀威資訊科技公司出版發行。

語言文學類　ZG0087

不向文壇交白卷

——《金門文藝》的前世今生及其他

作　　者／陳長慶
Email　/ c332702@gmail.com
責任編輯／陳佳怡
圖文排版／楊尚蓁
封面設計／陳佩蓉

贊助單位／金門縣文化局
出 版 者／陳長慶
法律顧問／毛國樑　律師
印製發行／秀威資訊科技股份有限公司
114台北市內湖區瑞光路76巷65號1樓
電話：+886-2-2796-3638　傳真：+886-2-2796-1377
http://www.showwe.com.tw
劃撥帳號／19563868　戶名：秀威資訊科技股份有限公司
讀者服務信箱：service@showwe.com.tw
展售門市／國家書店（松江門市）
104台北市中山區松江路209號1樓
電話：+886-2-2518-0207　傳真：+886-2-2518-0778
網路訂購／秀威網路書店：http://www.bodbooks.com.tw
國家網路書店：http://www.govbooks.com.tw
圖書經銷／紅螞蟻圖書有限公司
114台北市內湖區舊宗路二段121巷28、32號4樓
電話：+886-2-2795-3656　傳真：+886-2-2795-4100

2012年7月BOD一版
定價：280元

國家圖書館出版品預行編目

不向文壇交白卷：《金門文藝》的前世今生及其他 / 陳長慶著.
-- 一版. -- [金門縣金湖鎮] : 陳長慶出版 ; 臺北市 : 紅螞蟻圖書
經銷, 2012.07
面；　公分. -- (語言文學類 ; ZG0087)
BOD版
ISBN 978-957-41-9186-4(平裝)

1. 中國文學 2.文學評論

820.7　　101010433

讀者回函卡

感謝您購買本書，為提升服務品質，請填妥以下資料，將讀者回函卡直接寄回或傳真本公司，收到您的寶貴意見後，我們會收藏記錄及檢討，謝謝！

如您需要了解本公司最新出版書目、購書優惠或企劃活動，歡迎您上網查詢或下載相關資料：http:// www.showwe.com.tw

您購買的書名：________________________________

出生日期：________年________月________日

學歷：□高中（含）以下　□大專　□研究所（含）以上

職業：□製造業　□金融業　□資訊業　□軍警　□傳播業　□自由業

□服務業　□公務員　□教職　□學生　□家管　□其它_____

購書地點：□網路書店　□實體書店　□書展　□郵購　□贈閱　□其他

您從何得知本書的消息？

□網路書店　□實體書店　□網路搜尋　□電子報　□書訊　□雜誌

□傳播媒體　□親友推薦　□網站推薦　□部落格　□其他__________

您對本書的評價：（請填代號　1.非常滿意　2.滿意　3.尚可　4.再改進）

封面設計____　版面編排____　內容____　文／譯筆____　價格____

讀完書後您覺得：

□很有收穫　□有收穫　□收穫不多　□沒收穫

對我們的建議：________________________________

____

____

____

請貼
郵票

11466
台北市內湖區瑞光路 76 巷 65 號 1 樓

秀威資訊科技股份有限公司 收

BOD 數位出版事業部

....

（請沿線對折寄回，謝謝！）

姓　名：＿＿＿＿＿＿＿＿　年齡：＿＿＿＿　性別：□女　□男

郵遞區號：□□□□□

地　址：＿＿＿＿＿＿＿＿＿＿＿＿＿＿＿＿

聯絡電話：(日)＿＿＿＿＿＿＿＿(夜)＿＿＿＿＿＿＿＿

E-mail：＿＿＿＿＿＿＿＿＿＿＿＿＿＿＿＿